鬼入侵

The HAUNTING *of* HILL HOUSE

Shirley Jackson

雪莉・傑克森——著　章晉唯——譯

I

1

凡有生命的，若一直面對現實，不久都會發瘋，就連雲雀和螽斯多少都會做夢。希爾山莊這屋子是瘋的，它聳立在山丘旁，裡頭幽幽暗暗，過去八十年如此，未來恐怕會再聳立八十年。屋裡牆面直立、磚頭整齊，地板堅固，一道道門無不緊閉；希爾山莊木頭和石磚之間籠罩著寂靜，無論裡頭潛行著什麼，都與世隔絕。

約翰．蒙塔古擁有博士學位，他研究的是人類學，並依稀覺得這和他真正的志業稍有關連——靈異現象分析。由於他的研究說不上是科學，他對自己的頭銜特別講究，並希望藉此獲得敬重，甚至是權威。他租希爾山莊三個月付出了極大的代價，不只是錢，還有面子，因為他平時是不求人的，但他現在正著手寫一本書，分析所謂「鬼屋」的靈異現象，以及其中的因果關係，他期待這本書上市時會引起轟動，彌補他所有痛苦。他打聽到希爾山莊時，起初充滿懷疑，後來則滿懷希望，最後難以自拔；他一旦找到它，便不可能放手。

至於研究方法，蒙塔古博士打算仿效十九世紀英勇的獵鬼志士——他會住進希爾山莊，看看會發生什麼事。起初他是想依樣畫葫蘆。當年有個不知名的貴婦租下了名聞遐邇的鬼屋「巴勒欽莊園[1]」，舉辦為期一整個夏天的夏日派對，無論懷疑或相信，她都歡迎大家來共襄盛舉，打打槌球，見見孤魂野鬼。但懷疑的、相信的和優秀的槌球選手，在現代可不好找。於是蒙塔古博士不得不退而求其次，乾脆雇用助手。不知道是因為維多利亞時期，大家生活悠閒，所以研究人才充足；還是因為後來調查真相，大家多半捨棄人工記錄這種痛苦的方式。總之，助手也不是說徵就徵得到，蒙塔古博士得費心去找。

他自認謹慎認真，因此他花了無數時間尋找助手。他參考了靈異社團的記錄、靈異報紙的備份檔案和超心理學報告，列出一長串名字。無論時間長短或是否可信，這群人或多或少在人生某一刻，都經歷過不尋常的事件。那份名單中，他首先刪除過世的，接著刪除弱智的、搏取目光的或愛出風頭的，最後名單上剩下十二個名字。蒙塔古博士一一寄出邀請函，邀請他們今年夏天來舒適的鄉間山莊度假，只住一段時間也行。雖然山莊年代久遠，但管路、電力、中央暖氣樣樣齊全，並備有乾淨的床組。他在信中表明，他們此趟的目的是觀察和探索山莊八十年來各式各樣的恐怖傳說。蒙塔古博士沒直說希爾山莊鬧鬼，畢竟他信奉科學，在親自見到希爾山莊靈異現象前，他不敢妄加斷言。所以他在信上故意寫得曖昧不明，想吸引特定的對象，並激發他們的想像。這十二封信寄出後，蒙塔古博士收到四封回信，其他八人可能搬家沒留下轉寄地址，或可能早已對超常現象失去興趣，或甚至根本不存在世上了。蒙塔古博士再次致信四人，通知正式入住大宅的日期，並附上詳細的交通指示，對此他不得不解釋，他寫得如此詳細，是因為希爾山莊的位置鮮為人知，

1 巴勒欽莊園（Ballechin House）位於蘇格蘭，建於一八〇六年，是當地著名鬼屋。

連附近小鎮的人都不熟悉。蒙塔古博士出發的前一天，擁有山莊的家族硬是指派了一名家族代表隨行。同時他也收到其中一人的電報，對方顯然編了個藉口，臨時退出。另一人則可能出現緊急狀況，音訊全無。不過，剩下的兩人有來。

2

愛麗諾・凡斯來到希爾山莊時是三十二歲。她母親過世了，所以她在世上唯一真心憎惡的人只剩她的妹妹。她討厭妹夫和五歲的外甥女，而且她沒有半個朋友。過去十一年，她都在照顧病榻上的母親，如今護理的事她很熟悉，卻不熟悉戶外的烈陽。她不記得自己長大後有真心快樂過。她長年疲倦，和母親相處的日子充滿大小的罪惡感和指責，彷彿面對無止境的絕望。久而久之，她變得內向害羞，畢竟她一直獨自生活，不知愛是何物，和別人說話時，就算只是閒聊，她仍常感到忸怩、尷尬和不知所措。她在蒙塔古博士名單上是因為在她十二歲、妹妹八歲的某一天，她們的父親過世不到一個月，她家突然下起一陣石雨。這件事來得毫無預兆，也沒有任何目的和理由。石頭那天就這麼瘋也似的落下，劈哩啪啦打著屋頂，穿透天花板，滾下牆面，擊碎玻璃。石雨斷斷續續下了整整三天。下到後來，令愛麗諾和妹妹害怕的，已不是石雨，而是天天聚集在家門前的鄰居和看戲的人群，以及歇斯底里的母親。她母親那幾天像潑婦罵街一般，說這肯定是社區的壞鄰居幹的，畢竟那些人從她搬來之初就想教訓她，並且經常在背後說她壞話。三天之後，愛麗諾和妹妹終於忍無可忍，決定暫時搬到朋友家住。後來石雨停了，也不曾再發生。愛麗諾、妹妹和母親住回了房子，而她們和社區的夙怨也不曾化解。除了蒙塔古博士的消息來源，所有人都已忘了這段過去。愛麗諾和妹妹當然也忘了，但兩人當時都覺得是對方的錯。

愛麗諾打從有記憶以來，便一直等著類似逃去希爾山莊的機會。愛麗諾長年照顧母親，雖然日復一日抱著母親上床，端上無數次熱湯和燕麥，洗髒汙的衣物，但她內心一直堅深信，事情有朝一日會有轉機。她馬上回信，接受邀請，準備前往希爾山莊，但她的妹夫堅持要先四處打聽，確認這博士是否心懷不軌，想搞些野蠻的儀式，而他們擔心的，不外乎妹妹認為未婚女子不該知道的那檔事。妹妹可能私底下都和老公在房間討論，也許這蒙塔古博士啊（如果這是真名），會利用這些女人進行……該怎麼說……實驗。你知道的嘛……就是博士做的那種實驗。妹妹對此時有所聞，滿腦子都在擔心博士的實驗。愛麗諾則沒有那個想法，或者說，她有想到，但她不怕。簡而言之，愛麗諾寧可去任何地方，也不願待在這。

席爾朵拉——不多不少，就這四字。她自己署名會用「席爾」，而公寓門口、店家櫥窗、電話簿上、褪色的信紙、壁爐可愛的照片上，她的名字一直都只是席爾朵拉。席爾朵拉和愛麗諾天差地別。對席爾朵拉來說，只有女童軍才需有責任和良知。席爾朵拉的世界色彩柔美，充滿歡愉。她會出現在蒙塔古博士的名單是因為有一天，她噴著讓滿室芬芳的香水，笑著參加了一場實驗。實驗助理會先隔絕她的聽覺和視覺，再拿起撲克牌讓她猜，而三次實驗中，她莫名在二十張牌裡分別猜中十八次、十五次和十九次，她本人見自己這麼厲害，也是又驚又喜。實驗紀錄中，席爾朵拉這名字的成績格外亮眼，自然引起蒙塔古博士的注意。席爾朵拉收到蒙塔古博士第一封信時覺得好好玩，她其實原本打算拒絕，卻出於好奇回了信（也許席爾朵拉感應撲克牌花色的力量覺醒後，促使她走向希爾山莊）。不過當蒙塔古第二封確認信寄到時（也許又是那股暗潮洶湧的力量），席爾朵拉竟然有點心動，好巧不巧，她最近莫名失去理智，和公寓室友起了激烈爭執。雙方都罵出只有時間能沖淡的難聽話。席爾朵拉故意冷血砸了朋友為她刻的可愛小人像，而朋友則殘酷撕毀繆塞[2]的詩集，那是席爾朵拉送的生日禮物，對方還刻意撕碎了席爾朵拉寫下挑逗獻詞的那頁。當然這在兩人心中留下無法抹滅的傷痕，要能一笑置之，只能待時間過去。席爾朵拉當晚便寫了信，接受蒙塔古博士的邀請，隔天一聲不吭，漠然離去。

路克．桑德森是個騙子，也是個賊。他的姑姑桑德森女士是希爾山莊的所有者，她很愛說她姪子受最好的教育、穿最好的衣服、有最好的品味，除此之外，還擁有她這輩子見過最爛的朋友。幾週也好，只要能讓他遠離狐群狗黨，她不會放過任何機會。於是家族律師向蒙塔古博士表示，若要租借山莊，那麼在山莊居住期

2 阿弗瑞德．繆塞（Alfred de Musset, 1810-1857），法國浪漫主義劇作家、詩人和小說家。

間，必須要有一名家族成員在場。初次見面時，博士也許在路克身上看出某種力量，或如貓一般自保的直覺，他和桑德森女士馬上立場一致，巴不得路克一起和他住進山莊。總而言之，路克充滿興趣，姑姑謝天謝地，蒙塔古博士也感到十二萬分的滿意。桑德森女士告訴家族律師，無論如何，山莊裡其實沒有路克能偷走的東西。她跟律師說，銀器是有點價值，但對路克來說，有難以克服的困難：偷了還要想辦法換成錢，對他來說太麻煩了。桑德森女士這麼說其實有失公道。路克絕不可能偷家族的銀器、蒙塔古博士的手錶或席爾朵拉的手鐲。他只會從姑姑的皮夾子偷點小錢，打牌時出老千，或把姑姑朋友出自關愛，紅著臉送他的手錶和香菸盒賣掉。路克有朝一日會繼承希爾山莊，但他不曾想過自己有朝一日會住在裡頭。

3

「我只是覺得她不該把車開走，就這樣。」愛麗諾的妹夫固執地說。

「這輛車一半算我的。」愛麗諾說。「我有出錢。」

「我只是覺得她不該把車開走，就這樣。」妹夫說。他勸著老婆。「讓她用整個夏天，我們都不能用，這樣怎麼公平？」

「凱莉天天都在開，我甚至連車庫都沒開出去過。」愛麗諾說。「何況你們整個夏天都會在山裡度假，你們在山裡又用不到車。凱莉，妳明知道你們在山裡不會用到車。」

「但假如林尼生病之類的怎麼辦？如果我們需要開車帶她去看醫生呢？」

「這輛車一半算我的。」愛麗諾說。「我要開走。」

「要是連凱莉都生病呢？假如我們找不到醫生，必須去醫院呢？」

「我想要這輛車。我要開走。」

「我覺得不行。」凱莉故意慢條斯理說。「我們不知道妳要去哪，對吧？妳似乎不覺得要告訴我們一聲，對吧？我不能同意妳借我的車。」

「這輛車一半算我的。」

「不行。」凱莉說。「我不准。」

「對。」愛麗諾的妹夫點點頭。「就像凱莉說的，我們需要車。」

凱莉嘴上掛著淡淡的微笑。「如果我把車借妳，而妳出了事，我絕不會原諒自己，愛麗諾。而且我們怎麼知道能相信這個博士？畢竟妳還是個年輕女生，而且那輛車值很多錢。」

「喔，關於這點，凱莉，我真的有打去信用調查事務所問，荷馬說這傢伙在某間大學之類的，信譽良好——」

凱莉仍掛著微笑說：「當然了，要證明他是好人，總有各式各樣的理由。但妳都不跟我們說妳要去哪，也不告訴我們要怎麼聯絡妳才能把車要回來。出事的話，我們可能永遠不知道。就算妳——」她輕描淡寫地對著茶杯說，「就算妳一心想為男人奔去天涯海角，我還是沒理由讓妳開走這輛車。」

「這輛車一半算我的。」

「假如林尼生病了，困在山裡，旁邊都沒人？沒有醫生呢？」

「無論如何，愛麗諾，我相信母親也會同意我的看法。母親很信任我，她絕不可能允許我把車借給妳，而且天曉得妳要去哪。」

「甚至假如我生病了，困在山裡頭——」

「我相信母親也會同意我說的，愛麗諾。」

「何況，」愛麗諾的妹夫突然靈光一現地說，「我們哪知道車回來之後還能不能開？」

愛麗諾告訴自己，凡事都有第一次。她一大早步出計程車，全身打個寒顫，因為妹妹和妹夫現在恐怕已經起疑。她迅速從計程車上拿下行李，司機則幫她把前座的厚紙箱搬下車。愛麗諾給他一大筆小費，她不知道妹妹和妹夫有沒有跟蹤她，搞不好他們正準備拐過轉角說：「她在那！我們想得沒錯，偷車賊，她在那。」他們的車停在城裡巨大的車庫中，她匆忙轉身，快步向前，並不斷緊張地東張西望。她撞到一名身材非常矮小的婦人，婦人手上大包小包全撒了一地。婦人難過地看著人行道上的破袋子，地上都是碎起司蛋糕、蕃茄片和硬麵包。「我去妳媽的！」那矮小的婦人尖叫，臉湊到愛麗諾面前。「我正要拿回家，去妳媽的！」

「對不起。」愛麗諾說。她彎身，但碎蕃茄和起司蛋糕已不可能塞回破袋子裡。老婦人瞪著她，愛麗諾還沒伸手，婦人已把另一袋東西一把抓起，最後愛麗諾起身，充滿歉意，擠出顫抖的微笑。「我真的很抱歉。」

「去你媽的！」那矮小的老婦人說，但這次沒那麼大聲了。「我正要拿回家享用。現在多虧了妳——」

「也許我可以補償妳？」愛麗諾拿出皮夾，婦人身體動也不動，想了想。

「我不能平白無故拿妳的錢。」婦人終於說道。「這東西也不是我買的。這是廚餘。」她氣呼呼地噴了幾聲。「妳應該看看他們的火腿，」她說，「但別人先拿走了。還有巧克力蛋糕、馬鈴薯沙拉和放小紙盤的糖果。我太晚去了，全都沒拿到。結果現在……」她和愛麗諾低頭看著人行道上的一片狼籍，矮小婦人說：「所以妳看，我不能收錢，尤其收妳的錢，而且這些還是廚餘。」

「那我能不能買些什麼補償妳？我趕時間，但如果我們能找到一家已開門的店家——」

矮小老婦人露出邪惡的笑容。「反正我還有這個。」她說著把那袋東西抱緊。「妳可以替我付回家的計程車錢。」她說。「這樣就不會再有人把我撞倒。」

「沒問題。」愛麗諾說，並轉頭望向計程車司機，他一直在旁邊看戲。「你能載這名婦人回家嗎？」

「兩塊錢就行了，」矮小婦人說，「小費當然要另外加。我身材這麼矮小，」她細聲細氣地解釋，「真危險，真的很危險，被人撞倒。不過很高興遇到像妳一樣的人，願意好好彌補。有時大家撞倒人，連回頭看一眼都不肯。」在愛麗諾的幫忙下，婦人提著大包小包坐上計程車，愛麗諾從皮夾拿出兩塊五角，交給矮小婦人，她用她的小手緊緊攫住錢。

「好了，親愛的，」計程車司機說，「我們要去哪？」

矮小婦人咯咯笑了笑。「出發後我再跟你說。」她說完轉頭朝愛麗諾說：「祝妳好運，親愛的。走路多注意點，別再撞到人了。」

「再見，」愛麗諾說，「我真的、真的很抱歉。」

「沒關係。」計程車慢慢開出路緣時，那矮小婦人朝她揮揮手說。「我會為妳禱告，親愛的。」

愛麗諾目送計程車時心想，好吧，至少有人會為我禱告。至少有一個人。

4

那是那年夏天第一個陽光普照的日子，愛麗諾在這天總會想起童年，而每次想起童年，她心裡總會隱隱作痛。童年時感覺天天都是夏天。她父親是在冰冷潮溼的一天過世，在那之前，她不記得任何冬天。她最近常在納悶，在那飛逝的歲月裡，夏天都浪費到哪去了，她怎能如此揮霍，毫不珍惜？我是個笨蛋，她每年夏初都這樣告訴自己，我蠢斃了。我現在長大了，懂得事物的價值。理性上她相信人生其實沒有一刻算浪費，甚至童年也一樣，但每年夏日早晨，暖風從城市街道迎面吹來，她腦中總會出現一絲冰冷的念頭：我蹉跎了許多時間。但這天早上，她一面擔心妹妹和妹夫會發現她終究偷走了車子，一面在街上，隨著車陣緩緩向前，並照秩序走走停停，自由自在地轉彎。街道上太陽斜照，她微笑心想，我離開了，我離開了，我終於邁出一步。

以前妹妹允許她開這輛小車時，她總是小心翼翼，戰戰兢兢，連輕微刮傷和碰傷都不敢，就怕妹妹生氣，但今天她紙箱放後座，行李放地上，手套、皮夾和薄外套放在副駕駛座，這輛車完全屬於她，她自己享有這小小的空間。她心想，我真的離開了。

她來到城裡最後一個紅綠燈，這是她轉上高速公路出城之前最後一個紅燈，她從皮夾拿出蒙塔古博士的信。她心想，我甚至不需要地圖，他一定是個非常細心的男人。「……走國道三十九號到亞士頓，」信上寫道，「左轉上國道五號往西。沿著路向前開，大約五十公里時，妳會來到一座叫希爾斯代爾的小鎮。穿越希爾斯代爾之後，會來到一個路口，左邊是加油站，右邊是教堂，這時左轉開上一條狹窄的鄉村道路。那是條上坡路，路況非常不好。沿著這條路開到底（大概十公里），便會看到希爾山莊大門。我指示寫得很詳細，因為我不建議在希爾斯代爾停下問路，他們對陌生人很沒禮貌，要是有人問起希爾山莊，他們不會給妳好臉色。我很高興妳願意加入我們，希望能在六月二十一日週四認識妳……」

燈號變了，她開上高速公路，離開了城市。她心想，現在沒人抓得到我了，他們甚至不知道我要去哪。

過去她不曾獨自開長途車。這段美妙的旅程不管是用距離分段，或以時間分段，她覺得都太蠢了。她開在兩條線中間，兩旁的路樹向後飛逝，彷彿時光隧道，每一刻都充滿新奇，帶著她走上不可思議的道路，前往全新的地方。她積極踏出的一步就是旅程本身，她沒有確切的終點、也不曾設想過終點、終點甚至根本不存在。她想享受旅程的每一個彎，享受道路、樹木、房屋和醜陋的小鎮。她幻想自己能隨便找個地方落腳，永不離開。例如，她可以把車停到高速公路旁（不過她告訴自己，這樣做違法，她會因此受罰），拋下車，漫步穿越樹林，走到後頭寧靜的鄉村；她可以徒步走到累為止，也許是追隻蝴蝶，也許是沿著一條溪走，等天黑時，她會找到某個可憐樵夫的木屋，請對方讓她借住一宿；她可以在東巴林頓、戴斯蒙或柏克的偏遠小鎮定居；她也能永遠開下去，開到車輪磨平，開到天涯海角。

她心想，我也可以去希爾山莊，畢竟受人之邀。在那裡會有人供我吃住，我會有自己的房間和一點薪水，那是我放棄城裡的工作和生活，出來見見世面的補償。不知道蒙塔古博士是什麼樣的人，不知道希爾山莊長什麼樣子，不知道那裡還有誰。

她現在離城市相當遙遠，並注意著國道三十九號，這是蒙塔古博士在世上這麼多條路中，專門為她選出的一條神奇道路，這條路將帶著她平安抵達希爾山莊，並抵達他身邊。從她家到目的地，只有這一條路。蒙塔古博士看來沒問題，他絕不會出錯。國道三十九號的路牌底下有另一個路牌寫著：亞士頓，195公里。

如今蜿蜒起伏的道路已是她的親密好友，每個彎道都為她帶來驚喜，有時是越過欄杆看著她的牛，有時是一隻冷漠的狗，低谷中有一座座小鎮，舉目是一片田野和果園。

她在一座城鎮的主幹道經過一棟大宅，大宅廊柱雄偉，高牆豎立，窗板都緊閉，一對石獅守護著石階，她心想也許自己能住進那裡，每天早上為石獅清掃灰塵，夜晚拍拍它們的頭道晚安。她向自己確認：「時間是從六月早晨開始，但這是段全新的人生，而且獨立存在；不過幾秒鐘，我彷彿已在門口有兩隻石獅的大宅活了一輩子。每天早上，我打掃門廊，擦去石獅灰塵，每天晚上我拍拍它們的頭道晚安，我每週用溫水和小蘇打擦拭它們的臉、鬃毛和爪掌，用棉花棒清理它們的齒縫。屋子裡房間挑高整潔，地面光潔亮麗，窗明几淨。有個嬌小的老婦人負責照顧我。她以托盤端著銀製茶具拘謹走動，每天晚上端來一杯接骨木酒，照顧我的健康。我在安靜的長方形餐廳獨自用餐，面前是明淨的餐桌，牆面有高立的窗，白色的木板牆在燭光中閃耀。我吃著鳥肉、花園採來的蘿蔔和自製的梅果醬。我睡覺的地方罩著白色的薄蟬翼紗，走廊留了盞夜燈。小鎮街上的人都會朝我鞠躬，所有人都為我的石獅感到驕傲，我過世時……」

她現在已離小鎮很遠，經過闢門大吉的骯髒路邊攤和破爛招牌。許久以前，這裡曾有過市集，還舉辦過機車競賽，招牌仍依稀認得出幾個詞。其中一個詞是「冒失」，另一個字是「鬼」，她會心一笑，發現自己在各處尋找惡兆。愛麗諾，這兩個詞加起來是「冒失鬼」，就像說駕駛是個冒失鬼，她降低車速，她開太快了，可能會太早到希爾山莊。

中途她經過一個地方，最後索性停到路旁看，心裡感到納悶又不可思議。她剛才開了大概四百公尺，經過一排修剪整齊又美麗的夾竹桃樹，樹上都綻放著粉紅色和白色的花朵。接著夾竹桃樹間出現一道大門，大門後方，夾道的樹木繼續延伸。大門剩下一對荒廢的石柱，石柱之間有條路，通往空蕩蕩的荒野。她發現兩排夾竹桃樹中途會偏離道路，向兩旁延伸，圍繞一塊方形的空地，她看到方形空地的遠方，似乎有一排夾竹桃樹是種在小溪的河岸。夾竹桃圍住的方形空地上空無一物，沒有房子和建築，只有一條筆直的道路貫穿，通往小溪。她好奇這裡的過去，是否有逝去的事物，還是這裡原本有個未來，卻無法實現？這裡原本要建房子、花園或果園嗎？那個未來已永遠消失，或有朝一日會捲土重來？她記得夾竹桃有毒，莫非是為了守護什麼嗎？她心想，會不會……會不會我走下車，穿過荒廢的大門，踏進魔法夾竹桃空地，會發現自己闖入毒樹守護、不讓凡人看見的仙境？我一踏入魔法門柱，會不會發現自己穿過守護網，破除了魔咒？我會走入芬芳的花園，那裡會有噴泉和低矮的長椅，棚架上全是玫瑰。不久我會發現一條路，路上鋪著紅寶石和翡翠，地面無比柔軟，公主一雙小腳就算只穿涼鞋踏在上頭，也不會腳疼。我會沿著路向前，最後來到受詛咒的皇宮。我會踏上石階，經過石獅，走進庭院，王后會在噴泉旁哭泣，等待公主早日回來。她看到我時，手中的刺繡會落到地上，並呼叫僕人（僕人終於從長眠中甦醒），請他們備宴慶祝，因為魔咒終於解除，皇宮再次現形。我們從此過著幸福快樂的日子。

她心想，不行，當然不行，並轉身再次發動汽車，皇宮一旦現形，魔咒遭到破除，全部的魔法都會解除，夾竹桃林外的景色會化為原形，城鎮、招牌、牛隻全會消失，並變回童話中的綠野。那時，一名王子會從山丘上騎馬而來，身穿耀眼的綠色和銀色盔甲，後頭會有一百個弓箭手跟著，一面面三角旗在風中飄揚，馬兒奔馳，珠寶熠熠生輝……

她大笑轉身，臉上帶著笑容，向魔法夾竹桃林道別。她告訴它們，改天吧，改天我會回來打破魔咒。

開了一百六十多公里之後，她停下車吃飯。她找到一間鄉間餐廳，廣告上說這裡是間老磨坊，她找了個非常好的位子。位子在陽台上，能俯瞰壯麗的河流，河中水波四濺，岩石溼漉。餐桌上放了個雕花玻璃碗，裡頭放著茅屋起司，旁邊餐巾上放著玉米。由於在這地方，在這段時光中，魔法隨時會出現，也隨時會消失，所以她想多逗留一會，並知道在今天的最後，希爾山莊終究會等著她。餐廳唯一另一組客人是個家庭，有父母親、男孩和女孩四人，他們彼此輕聲細語，中途女孩轉頭望向愛麗諾，眼神明顯透露出好奇，過一會，女孩笑了。河水將光線反射在天花板、光潔的桌面和女孩的捲髮上，女孩的母親說：「她想要她的星星杯。」

愛麗諾心想，沒錯，真是這樣，我也是。星星杯，當然了。

「就是她的小杯子。」母親解釋，她朝女服務生露出不好意思的微笑，女服務生一臉驚訝，沒想到鄉村磨坊上好的牛奶對女孩來說不夠香濃。「杯底有星星的圖案，她在家都用那杯子喝牛奶。她叫那星星杯，因為這樣當她喝牛奶時，就可以看到星星。」女服務生點點頭，感覺半信半疑，母親告訴女孩：「晚上我們回家妳再用星星杯喝牛奶。現在當個乖孩子，妳能用玻璃杯喝一點牛奶嗎？」

別喝，愛麗諾告訴女孩，堅持用妳的星星杯，一旦他們哄騙成功，讓妳像其他人一樣，妳便再也看不到妳的星星杯了。別喝。小女孩望向她，笑容變得曖昧，露出酒窩，彷彿會心一笑。她固執地朝玻璃杯搖頭。愛麗諾心想，勇敢的女孩。聰明又勇敢。

「妳寵壞她了。」父親說。「不該讓她為所欲為。」

「這次算了吧。」母親說。她放下牛奶，溫柔摸著女孩的手。「來吃冰淇淋。」

他們離開時，女孩朝愛麗諾揮手，愛麗諾也朝她揮手。愛麗諾開心地獨自喝完咖啡，湍急的河流在下方流動。愛麗諾心想，路程剩不多了，我已開超過一半的路。她心想，「旅程的終點啊。」這時她腦袋像小河一樣靈光一現，浮現出一段旋律，朦朧中捎來一段歌詞。「別蹉跎了大好的年華，」她心想，「別蹉跎了大好的年華[3]。」

她差點在亞士頓外停一輩子。因為她看到一座坐落在花園中的小農舍。她心想，我可以在此獨自生活。她慢下車子去看，那裡有著蜿蜒的花園步道、藍色小巧的前門、門階上還有隻完美的白貓。住在這裡，躲在玫瑰叢後，也不會有人找得到我，為求保險，我會在路上種一排夾竹桃樹。涼爽的夜晚，我會生火，在壁爐烤蘋果。我會養好幾隻白貓，替窗戶織白窗簾，我偶爾會出門，去店裡買肉桂、茶葉和毛線圈。大家會來找我算命，我會為心傷的少女熬製愛情魔藥。我會養知更鳥……但這時她已離農舍很遠了，該是時候尋找蒙塔古博士指示的新方向了。

博士的信中寫道：「左轉上國道五號向西。」彷彿他雙手拿著控制器，在遠端操控她的車子，車子毫不猶豫地完成指示。她開上了國道五號向西，旅途即將結束。她心想，雖然他提醒過我，但我會在希爾斯代爾停一下，喝杯咖啡，因為我不想要長途旅行這麼快結束。反正我其實不算不聽話，信中是寫不建議在希爾斯代爾問路，又沒禁止我停下來喝咖啡，只要別提到希爾山莊，也許就沒事了。她默默心想，總之這是我最後的機會。

她不知不覺抵達了希爾斯代爾，那裡的房子交雜錯落，混亂骯髒，街道歪歪扭扭。城鎮不大，她開到主幹道，便看到有著加油站和教堂的轉角。鎮裡只有一處能喝咖啡的地方，那是一間簡陋的小餐館，但愛麗諾打定主意要在希爾斯代爾停留。她將車停到小餐館前破碎的路緣，下了車。她遲疑一會，念著放在地板的行李和後座的紙箱，對希爾斯代爾默默點個頭，最後決定鎖上車門。她打量了街道一會，即使在陽光下，城鎮仍顯得陰沉和醜陋，她心想，我不會在希爾斯代爾待太久。有隻狗睡在牆邊陰影下，感覺睡得不大安穩，有個女人站在對街門口，盯著愛麗諾瞧，兩個年輕男孩靠在欄杆上，安靜得刻意。陌生小狗、邪笑的女人和年輕流氓令愛麗

3 出自莎士比亞《第十二夜》中的〈我的姑娘，妳要去哪裡流浪？〉一詩。

諾十分害怕，她緊抓著皮夾和車鑰匙，快步走進小餐館。餐館吧檯後方有個沒下巴、面帶倦容的女孩，吧檯尾端有個男人在用餐。她望向髒兮兮的吧檯，並看到蓋在甜甜圈盤子上的玻璃碗滿是汙漬，她好奇男人到底多餓才會來這用餐。「咖啡。」她對吧檯後的女孩說，女孩懶洋洋轉身，從架上抓下一個杯子。愛麗諾鄭重告訴自己，「我答應過自己了，所以我一定要喝下這杯咖啡，但下次我會聽蒙塔古博士的話。」

男人和吧檯後的女孩之間有著讓人摸不透的默契。她端來愛麗諾的咖啡時，瞄了他一眼，嘴角微微勾起，男人見了聳聳肩，女孩馬上大笑。愛麗諾抬起頭，但女孩已在看指甲，男人則拿麵包沾著盤中的醬汁。也許愛麗諾的咖啡被下了毒，看起來確實不無可能。

愛麗諾剛才已決定要好好探索希爾斯代爾，於是她對女孩說：「我也要一個甜甜圈，謝謝。」女孩斜眼望了男人一眼，將甜甜圈放到小碟子上，端到愛麗諾面前，她看到男人的表情再次大笑。

「這真是個可愛的小鎮。」愛麗諾對女孩說。「叫什麼名字？」

女孩盯著她，也許過去不曾有人這麼大膽，竟形容希爾斯代爾是個可愛的小鎮。女孩這會又望向男人，彷彿向他確認，並說：「希爾斯代爾。」

「妳住在這裡很久了嗎？」愛麗諾問。她默默向遠方的蒙塔古博士保證，我絕不會提到希爾山莊，我只是想打發時間。

「對。」女孩說。

「住在這種小城鎮一定很愜意。我是城裡來的。」

「是喔？」

「妳喜歡這裡嗎？」

「還可以。」女孩說。她再次看向男人，他仔細聽著。「沒什麼好做的。」

「這城鎮多大？」

「滿小的。你想再多喝點咖啡嗎？」這句話是對男人說的，他用杯子敲著茶碟。愛麗諾啜飲一口自己的咖啡，全身打個寒顫，納悶這人怎麼會想續杯。

「你們這裡有很多外來客嗎？」女孩倒完咖啡靠回架子上時她問。「我是說旅客？」

「來幹嘛？」女孩雙眼原本有著愛麗諾不曾見過的空洞，此時突然惡狠狠地瞪著她。「誰會想來這裡？」她一臉慍怒，瞪著男人補了一句：「這裡甚至連間電影院都沒有。」

「但這裡的山丘很漂亮。其實像這種偏遠的小鎮，許多城市人會把家蓋在山丘上，為了隱私。」

女孩短促大笑幾聲。「這裡才沒有。」

「或有人會重新整修舊房子——」

「為了隱私？」女孩說完再次大笑。

「只是很令人驚訝而已。」愛麗諾說，她感覺那男人看著她。

「是啊，」女孩說，「最好來蓋個電影院。」

「我覺得，」愛麗諾小心翼翼說，「我可能會去附近逛一逛。老房子通常很便宜，而且翻修其實很有趣。」

「這裡沒有。」女孩說。

「所以是說，」愛麗諾說，「這附近沒有老房子？山丘上頭也沒有？」

「沒有。」

男人起身，從口袋掏出零錢，首次開口。「大家通常會離開這座城鎮，」他說，「他們不會來這裡。」

他走出店門口，女孩了無生趣的目光回到愛麗諾身上，甚至略帶不悅，好像怪愛麗諾嘰嘰喳喳的，把那人逼走了。「他說得沒錯。」她最後說。「他們都走了，走的人比較幸運。」

「妳為什麼不離開？」愛麗諾問她，女孩聳聳肩。

「我離開會過得比較好嗎？」她問。

她冷漠收下愛麗諾的錢，並找錢給她。然後她目光迅速地望向吧檯尾端的空盤，泛起淡淡笑意。「他每天都來。」她說。愛麗諾也露出微笑，正想開口，但女孩已背對她，整理起架上的杯子，愛麗諾感覺對方不想再聊了，於是她優雅起身，拿起車鑰匙和皮夾。「再見。」愛麗諾說，而女孩背對著她說：「祝妳好運。希望妳能找到妳的房子。」

5

從加油站和教堂彎進去之後，路況確實很糟，路上布滿石塊，並有深深的車輪痕。愛麗諾的小車顛簸搖晃，彷彿不願意爬上這些不吸引人的山丘，兩旁樹林濃密，白晝彷彿瞬間被吸入黑暗之中。愛麗諾酸溜溜地心想，這條路車流量真的很少耶，她迅速轉動方向盤，避開前方危險的石塊。這條路開十公里，車子恐怕不妙。她已好幾小時沒想到妹妹了，這時不禁大笑。他們現在一定發現她把車開走了，但他們不知道要去哪找她。他們會難以置信地說，他們沒想到愛麗諾會偷車。她繼續笑著心想，我自己也想不到。一切都不一樣了，我已是全新的自己，離家十萬里。「別蹉跎了大好的年華……快樂就盡情歡笑……」車子卡到一顆石頭，向後頓了一下，底盤發出可怕的聲響，但後來車子繼續英勇向前，頑強地向上爬。樹枝刮過擋風玻璃，路變得愈來愈黑。她心想，希爾山莊就愛搞排場，不知道這裡陽光是否照得進來？車子經過最後一番努力，撞開了路上一團枯葉和細樹枝後，來到希爾山莊大門前的空地。

我為何會來這裡？她馬上無助地心想。我為何會來這裡？大門高聳沉重，散發不祥的氣氛，門堅固建在延伸到樹林中的石牆上。她在車內就看到鎖在門柵上扭曲的鐵鍊和掛鎖。她看到大門後面只有一條彎曲的道路，路旁靜止的黑暗樹林為道路蒙上一層陰影。

鐵柵大門明顯深鎖。而且門不只鎖了，還上了兩道鎖，並以鐵鍊纏住，門閂也已拴死。她好奇究竟有誰會想闖進去？她不想下車，只按了幾聲喇叭，樹林和大門顫抖，彷彿聽到喇叭聲，微微退縮。過一會，她又按一下喇叭，看到一人從大門內走向她。他和掛鎖一樣陰沉冷漠。他走到大門之前，隔著門柵皺眉盯著她。

「妳想幹嘛？」他聲音尖銳刻薄。

「我想進門，謝謝。請幫我把門鎖打開。」

「誰說的？」

「不是——」她結巴。

「我應該要進去。」她終於擠出一句話。

「要幹嘛？」

「有人在等我。」有嗎？她突然不確定了。我只能到這裡嗎？

「誰等妳？」

當然，她知道對方難得能施展權力，心裡一定很得意，彷彿他只要開了鎖，便會失去他暫時自以為擁有的優勢。她心想，但我現在又有什麼優勢？畢竟我人是在大門外。她其實很少生氣，因為她怕生氣沒有用，而她發覺現在發脾氣，只會把他逼走，然後她就只能在大門外無助地大罵。如果他事後因為態度受到責怪，她甚至能想見他裝無辜的模樣。他會露出邪惡空洞的笑容，睜大空洞的雙眼，大聲喊冤，說他原本就要讓她進門，本來就打算讓她進門，但他怎能確定？他有接到命令，不是嗎？他必須照吩咐做吧？如果他讓不該進門的人進去，倒大楣的是他，對吧？她也能想見他聳肩的模樣。她想像那畫面，不禁放聲大笑，這大概是她能做出最糟糕的事。

他看了她一眼，從大門退開。「妳最好晚點再來。」他說著轉身，散發一種勝利的氣勢。

「聽著。」她叫住他，並努力壓抑怒火。「我是蒙塔古博士的客人。他說要在山莊等我——請你聽我說！」

他轉身朝她咧嘴一笑。「他們不可能在山莊等妳。」他說。「因為目前為止，妳是唯一抵達山莊的人。」

「你是說現在沒人在山莊裡？」

「就我所知沒有。可能除了我老婆，她在整理房子。所以他們確實沒在等妳，對吧？」

她向後靠，閉上雙眼。她心想，希爾山莊啊，你跟天堂一樣難進去。

「我想妳知道自己為何來這裡吧？我想他們在城裡有告訴妳？妳有聽說過這地方嗎？」

「我只知道我受蒙塔古博士邀請來山莊作客。你打開大門，我就會進去。」

「我會打開門。我現在就會打開。我只是想確定妳知道裡頭等著妳的是什麼。妳來過這裡嗎？可能妳是家族成員？」他透過柵門，仔細端詳她，他的臉在門鎖和鐵鍊後方，表情嘲諷。「我沒確認的話不能讓妳進門，對吧？妳叫什麼名字？」

她嘆了口氣。「愛麗諾・凡斯。」

「那妳大概不是家族的人。妳有聽說過這地方嗎？」

她心想，我猜這是我最後的機會。我可以馬上在鐵柵門前將車調頭，離開這裡，沒人會怪我。任何人都有權利逃走。她把頭伸出車窗，發火罵道：「我叫愛麗諾・凡斯。有人要我來希爾山莊。馬上把大門打開。」

「好啦、好啦。」他刻意做出不必要的誇張動作，把鑰匙插入門鎖中，打開鎖頭，鬆開鐵鍊，將大門開到剛好容一輛車通過的大小。愛麗諾緩緩開車向前，他卻飛快跳開，害她一時以為他察覺了她一閃而過的念頭。她大笑後停下車，因為他朝她走來——從安全的車側走來。

「妳不會喜歡那裡的。」他說。「妳會後悔我幫妳打開大門。」

「麻煩讓開，謝謝。」她說。「你耽擱我夠久了。」

「妳以為他們能隨便找個人來開門嗎？妳以為除了我和我老婆，有人會想待在這裡這麼久嗎？我們只能待在這修理房子，為自以為是的城市人開門嗎？妳以為我們不能自己作主嗎？」

「別靠近我的車子謝謝。」她不願承認他嚇到自己了，也擔心他會察覺。他把臉貼在車窗前，神情扭曲醜陋，但她搞不懂他在憤恨什麼。她確實命令他開門，但他以為裡頭的房子和花園是他的嗎？蒙塔古博士信中有個名字浮現在她腦中，她好奇問道：「你是達德利嗎？管理員？」

「對，我是達德利，管理員。」他模仿她說話。「妳以為這裡還有誰？」

她心想，原來是忠誠的家僕，驕傲、忠心且難相處。「你和妻子獨自管理這山莊？」

「還有誰？」這三個字是自誇、是詛咒，也是不斷重覆的碎語。

她不安地移動身子，怕自己躲他的動作太明顯，並輕手輕腳發動汽車，想讓他退開。「我相信你和妻子會讓我們賓至如歸。」她用語氣暗示話題到此結束。「現在，我想盡快到屋子裡。」

他露出討人厭的竊笑。「現在，我啊，」他說，「如果是我的話，我天黑不會想待在這。」

他得意洋洋咧嘴笑著，從窗前退開。愛麗諾在他的目光下發動車子，感到有點尷尬，但也著實鬆了口氣。她心想，也許這一路上，他會像《愛麗絲夢遊仙境》中的柴郡貓，時不時會冒出來，只要一發現有人想在山莊過夜，便會大吼大叫。她腦中浮現管理員達德利的臉孔出現在樹林中的畫面。為了表示自己心情不受影響，她試著吹了口哨。結果不吹還好，一吹更加心煩意亂，因為她口中吹出的，竟然是同樣的旋律。「快樂就盡情歡笑……」她在心裡咒罵自己，覺得自己該認真想點別的歌。雖然後面的歌詞她想不起來[4]，但她相信肯定非常不合時宜，要是她抵達山莊時，被人聽到自己在吹這首歌，恐怕不大得體。

她從樹林上方和山林之間，偶爾會瞥見希爾山莊的屋頂，也可能是高塔。她心想，希爾山莊的時代，房子蓋得真奇怪。他們會在山莊築高塔、角樓、扶壁和木雕花，有時甚至還有哥德式尖塔和石像鬼。房子每一吋都布滿雕飾。也許希爾山莊有個高塔或祕密房間，搞不好甚至有供走私犯用的密道，能鑽到山丘底下。但這孤零零的山丘裡有什麼好走私的？也許我會遇到長得壞壞的帥氣走私犯，然後……

她轉彎開上最後一段直線車道，正面看到了希爾山莊，她想都不想就踩了煞車，車在路中間停下，她一雙眼盯著它瞧。

這房子好糟糕。她不禁打個冷顫，腦中浮現出直覺的想法，希爾山莊好糟糕，它有病。現在馬上離開。

4 下一句是「未來的事誰知道」。

II

1

人類感到一間屋子邪惡時，往往無法各別分辨，究竟是屋子設計出了問題，或是地點害的。通常是兩者結合才顯得瘋狂，像屋子詭異的角度，天空和屋頂的交會，都讓希爾山莊散發絕望的氣息，更教人害怕的是，希爾山莊的正面彷彿醒著，空蕩蕩的窗戶像警醒的大眼，挑簷像眉毛一樣，增添一絲暗笑。不管任何房子，要是突然被看到，或從奇怪的角度端詳，通常都能讓人感到幽默。即便是淘氣的小煙囪或如酒窩的老虎窗，都能教人倍感親切。但一間屋子若高傲疏離，令人憎惡，並總是保持警戒，那肯定是邪惡的。這間屋子彷彿自我形塑，並藉由工匠之手，躋身建築的設計和結構，幻化成這副強烈的樣貌，最後在天空下仰起巨大的腦袋，毫不遷就於人類。這間屋子不具善意，打從一開始就不適合人居住，它容不下人，容不下愛或希望。驅魔術也無法改變屋子的外觀。希爾山莊屋毀牆倒前都不會改變。

愛麗諾心想，我應該在大門口調頭離開。那屋子冷不防讓她腹中一陣糾結，感到原始的恐懼。她望著屋頂的輪廓，拚命想找出問題或潛伏其中的事物，卻一無所獲。她內心緊張，雙手變得冰冷，於是她翻找香菸。重點是她很害怕，她聽到內心有股可怕的聲音輕語說：「離開這裡，快逃！」

她告訴自己，「但我大老遠來就是要到這裡。我不能回去。何況我現在又想出大門的話，他會笑我。」

她甚至說不出這屋子的顏色、風格、大小，只知道屋子巨大陰森，俯瞰著她。她目光躲避那棟屋子，再次發動汽車，開完最後一段車道，來到階梯前，階梯無處可躲，只能直通門廊，面對正門。屋子兩側車道都能繞到屋子後頭。也許晚一點，她會繞去車庫之類的地方停車。但她現在不大放心，想先預留快速離開山莊的後路。她將車稍微轉向，開到路旁，留空間給之後的客人。她冷酷地心想，真可惜，接下來的人第一眼看到這屋子，就能發現屋前有輛車，心情不知輕鬆多少。接著她下車，拿起行李箱和大衣。她腦中冒出個不合適的念頭想著，好啦，我來了。

她靠著精神力，抬腳踏上階梯，她覺得自己之所以發自內心不想接觸希爾山莊，是因為她清楚感受到這屋子在等著她，邪惡卻又有耐心。「戀人相遇便是旅程的終點」，她終於想起這句歌詞，並站在希爾山莊的階梯上大笑，戀人相遇便是旅程的終點，她穩穩一步步走到門廊。希爾山莊彷彿突然撲來，瞬間籠罩住她，她踏上希爾山莊的門廊木板地，腳步聲在寂靜中簡直令人髮指，彷彿多年來都沒人踩過這木板。她手伸向沉重的鐵門環，門環上有張孩子的臉，她鐵了心敲了門，接著又多敲了幾下，讓希爾山莊確認她來了。門冷不防打開，她看到一個女人，從她的模樣看來，想必是門口那人的妻子。

「達德利太太？」她吸口氣說。「我是愛麗諾・凡斯。我是客人。」

女人默默站到一旁。她圍裙乾淨，頭髮整潔，卻和她丈夫一模一樣，給人一種無可名狀的骯髒感，她狐疑乖戾的神情正好配上他惡毒的脾氣。愛麗諾此時提醒自己，「不對，我會這樣想是因為這裡太過陰沉，再加上我期盼那人的老婆很醜。要不是希爾山莊，我會對他們有偏見嗎？畢竟他們只是負責管理這裡的人而已。」

他們站在一樓大廳，四周都鋪著黑木壁板，上頭布滿沉重的雕飾，樓梯聳立在正對面，讓大廳更顯昏暗。上方似乎有另一條走廊，通往屋子兩邊。她看到樓梯井上方寬闊的平台，二樓大廳四周的門都關著。目光回到一樓，她的兩側都設有雙扇門，門上都刻著水果、穀物和動物，舉目所及屋子裡所有的門都緊閉著。

她想開口時，聲音瞬間淹沒在陰暗和寂靜之中，她再試一次，才發出聲音。「妳能帶我去我的房間嗎？」她終於問道，手比了比地上的行李，並看到手的倒影向下沒入光滑木地板的陰影中。「我想我是第一個到的。妳——妳有說妳是達德利太太吧？」她心想，我覺得我快像孩子一樣嚎啕大哭，我不喜歡這裡……

達德利太太轉身，走上樓梯，愛麗諾提起行李箱跟上，快步跟著這屋子唯一的生命。她心想，對，我不喜歡這裡。達德利太太走到樓梯上方右轉，愛麗諾只瞧幾眼便發現，屋子的建築工已無心營造風格（可能發覺不論如何選擇，這間屋子終究會變成這模樣），並在二樓建了一條長直走廊，放上一道道通往臥室的門。就她第一眼的印象，二、三樓蓋得十分草率，房間規劃都盡可能簡單，不做任何修飾，建築工人彷彿只想趕快完工離開。左手邊走廊尾端有第二個樓梯，可能能從三樓僕人房穿過二樓到下方的儲藏室，右手邊走廊尾端有另一個房間，由於在尾端，可能想保有最多的採光。走廊一致是黑木壁板裝潢，兩邊走廊上的雕飾設計醜陋、做工粗糙、一成不變，除了一道道緊閉的門，沒有東西打斷筆直的走廊。

達德利太太穿過走廊，打開一道門，也許是隨機的。「這是藍色房。」她說。

愛麗諾從樓梯方向判斷，這房間是朝向屋前，她心想，安妮姊姊、安妮姊姊[5]，並心懷感激走向房間透入的光線。「真不錯。」她站在門口說，但純粹是因為她覺得自己該說些什麼。房間一點都不好，勉強能忍受而已。房間內部和希爾山莊一樣，充滿著衝突和不和諧。

達德利太太站到一旁，讓愛麗諾進門，並明顯對著牆開口。「我會在六點整把晚餐放在餐廳的櫥櫃上，」她說，「你們自便。我早上會收拾。我九點會幫你們準備好早餐。我答應要做的就這樣。我不會幫你們整理房間，這裡也沒其他幫傭。我不會等人。我答應的事會做，但不代表我會等人。」

愛麗諾點點頭，猶豫地站在門口。

「我最晚待到準備好晚餐。」達德利太太繼續說。「天一變黑我就會走。我在天黑前會離開。」

「我知道了。」愛麗諾說。

「我們住在鎮上，離這裡十公里遠。」

「對。」愛麗諾說，她仍記得希爾斯代爾。

「所以如果你們需要幫忙，這裡不會有任何人在。」

「我了解。」

「我們甚至聽不到你們，晚上的時候。」

「我不覺得——」

「沒人聽得到。這裡唯一的人煙就在鎮上。大家頂多待在那，沒人會靠近這裡。」

「我知道。」愛麗諾回答到累了。

5 童話《藍鬍子》的故事中，女主角嫁給藍鬍子後，打開了藍鬍子吩咐不能打開的房間。於是藍鬍子決定要殺死她，這時女主角大聲向姊姊求救：「安妮姊姊、安妮姊姊！」

「尤其是晚上，」達德利太太嘴一咧，露出微笑。「天黑之後。」她說完走出房，將門關上。

愛麗諾想像自己大喊：「喔，達德利太太，這裡好黑，我需要妳幫忙。」她差點笑出聲來，但她隨即打了個冷顫。

2

她孤零零地站在行李箱旁，大衣仍掛在她的手臂上，感覺淒涼悲慘。她無助地告訴自己，「戀人相遇便是旅程的終點，但願自己能回家。」她身後的都過去了，包括黑暗樓梯、光潔的走廊、巨大的前門、達德利太太、大門口大笑的達德利、鐵鍊鎖頭、希爾斯代爾、花園農舍、餐廳的一家人、夾竹桃園和門口有石獅的大宅，而在蒙塔古博士萬無一失的監督下，最後她抵達了希爾山莊的藍色房。她心想，房間好可怕，她不想動，因為一動就代表接受，代表她搬進來了，好可怕，我不想住下來，但她無處可去。蒙塔古博士的信已帶她至此，無法再帶她到更遠的地方。過了一分鐘，她嘆了口氣，搖搖頭，走去將行李箱放到床上。

她小聲說了出來，「我來到希爾山莊的藍色房了。」不過這裡確確實實、毫無疑問是間藍色的房間。兩扇窗戶都裝上藍色直紋窗簾，窗外俯瞰著門廊的屋頂和草坪，地面鋪著藍色紋路地毯，床罩組都是藍色的，床腳放著藍色保暖被。牆面到肩膀的高度鋪著黑木壁板，再上面則是藍色紋路的壁紙，有著小藍花圖案，花團錦簇的，十分雅致。也許有人曾希望用可愛的壁紙緩和藍色房的氣氛，卻不知道希望在希爾山莊會全數落空，徒留微不足道的痕跡，好比哭嚎的回音……愛麗諾振作起來，轉身看向整間房。這裡的設計錯得離譜，令人發寒，每一吋都不對勁。牆看起來一會太長，一會太短，教人難以忍受。愛麗諾不可置信地心想，他們居然要我在這房間睡覺。陰森的角落裡，會不會有噩夢潛伏？會不會有無意識的幽魂在我面前呼氣？好了喔，她告訴自己，「真是的，愛麗諾。」

她在高床上打開行李箱，心懷感恩地換下適合城市的鞋，並開始把行李拿出來。她潛意識裡有個女人深信不疑的道理，她相信人在心煩意亂時，最好的解決辦法就是穿上一雙舒服的鞋子。昨天她在城中打包行李時，選了她覺得適合在鄉下山莊穿的服裝。她在最後一刻甚至跑去買了一件休閒褲（並為自己的大膽感到興奮），她不記得自己上次穿休閒褲是何時了。她當時心想，媽媽知道一定會氣瘋。她將休閒褲塞到行李箱最底層，最後如果她失去勇氣，不敢拿出來穿，就永遠不用讓人知道。現在來到希爾山莊，褲子感覺沒那麼新了。她漫不經心地將衣服歪歪的掛上衣架，房間有個大理石檯面的高抽屜櫃，她將休閒褲放到最下面的抽屜，把城市鞋扔到大衣櫃的角落。她已懶得讀她帶來的書，她心想，反正我可能不會住下來，她闔上空行李箱，也放到衣櫃角落。我重新打包不用五分鐘。她發現自己放行李箱時都不覺輕手輕腳，拿行李時也都只穿著襪子，盡她所能不發出任何聲響，彷彿不敢打破希爾山莊的寧靜。她記得達德利太太走路時也都沒聲音。她站在房間中央，動也不動時，希爾山莊的寂靜籠罩住她。她心想，自己就像被怪物活吞下肚的小動物，怪物能感覺到她在腹中微小的動作。「不要！」她大聲說，兩字在房中迴盪。她快步走到房間另一頭，拉開藍色直紋窗簾，但厚玻璃窗透入的陽光無比蒼白，她只看得到門廊屋頂和一段草坪。她車子停在下方某處，她只要跳上車，便能再次離開。她心想，戀人相遇便是旅程的終點，我來這裡是出自個人選擇。結果她發覺，自己卻害怕走回房間另一邊。

她背對窗戶站著，目光從門口、衣櫃、抽屜櫃到床上，並告訴自己她一點都不害怕，這時她聽到底下有車門重重關上的聲音，接著是快步聲和巨大門環突兀的敲門聲。她心想，對啊，還有其他人會來，我不會獨自一人在這裡。她幾乎笑出聲來，她跑過房間，進到走廊，從樓梯邊望向下方的大廳。

「感謝老天妳來了，」她定睛望向昏暗的大廳說，「感謝老天終於有人來了。」她發覺自己說得理所當然，好像達德利太太不會聽到，但其實一臉蒼白的達德利太太已直挺挺站在大廳旁。「上來吧，」愛麗諾說，「妳必須自己提行李。」她氣喘吁吁，一張嘴講個不停，她鬆口氣之後，都不像平時一樣害羞了。「我叫愛麗諾．凡斯。」她說。「很高興妳來了。」

「我是席爾朵拉。就席爾朵拉而已。這天殺的屋子——」

「上面也一樣糟。上來吧。讓她把妳的房間安排在我旁邊。」

席爾朵拉隨達德利太太從莊嚴的樓梯走上來，她不可思議地看著樓梯平台上方骯髒的玻璃窗、壁龕中的大理石甕和圖案地毯。她行李箱比愛麗諾大不少，且更加奢華，愛麗諾走來幫忙她，慶幸自己的東西已安放在房間。「等著看妳的房間吧，」愛麗諾說，「我覺得我的像停屍間。」

「這是我夢寐以求的家啊，」席爾朵拉酸溜溜地說，「可以遠離塵世，讓我獨自在這裡整理想法，尤其是關於謀殺、自殺之類的——」

「綠色房。」達德利太太冷冷地說，愛麗諾快速轉身，怕自己輕率批評屋子冒犯了達德利太太。愛麗諾心想，也許達德利太太覺得屋子會聽到。愛麗諾一想到此，心裡馬上後悔。她可能不小心發抖了，因為席爾朵拉忽然轉頭，臉上露出笑容，溫柔摸她肩膀，令人十分安心。愛麗諾回應她的笑容並心想，她好有魅力，完全不屬於這陰森可怕的屋子，但可能我也不屬於這裡。我不適合出現在希爾山莊，但我想不到誰適合。她看到席爾朵拉站在綠色房門口的表情，不禁大笑。

「哎唷，」席爾朵拉說著目光瞄向愛麗諾，「多迷人的房間。真是遮風蔽雨的好地方。」

「我會在六點整把晚餐放在餐廳的櫥櫃上，」達德利太太說，「你們自便。我早上會收拾。我九點會幫你們準備好早餐。我答應要做的就這樣。」

「妳嚇壞了。」席爾朵拉看著愛麗諾說。

「我不會幫你們整理房間，這裡也沒其他幫傭。我不會等人。我答應的事會做，但不代表我會等人。」

「我剛才只是想到我獨自一人在這。」愛麗諾說。

「我最晚待到六點。天一變黑我就會走。我在天黑前會離開。」

「現在我來了，」席爾朵拉說，「所以沒事了。」

「我們共用一間浴室，從浴室可以通到彼此的房間。」愛麗諾突兀地提起這點。「房間一模一樣。」

席爾朵拉房間的窗前是綠色直紋窗簾，壁紙是綠色的花環，床罩組和保暖被是綠色的，並有著一樣的大理石檯面的抽屜櫃和大衣櫃。「我這輩子沒見過這麼糟的地方。」愛麗諾提高聲音說。

「就像上好的旅館，」席爾朵拉說，「或任何女子營。」

「我天黑前會離開。」達德利太太繼續說。

「晚上沒人聽得到妳尖叫。」愛麗諾告訴席爾朵拉。她發現自己緊抓著門把，席爾朵拉面露疑惑，愛麗諾趕緊將手抽開，踏著穩健的腳步走過房間。「我們必須想辦法把窗打開。」她說。

「所以如果你們需要幫忙，這裡不會有任何人在。」達德利太太說。「我們聽不到你們，甚至是晚上也一樣。沒人聽得到。」

「好一點了嗎？」席爾朵拉問，愛麗諾點點頭。

「這裡唯一的人煙就在鎮上。大家頂多待在那，沒人會靠近這裡。」

「妳可能只是餓了。」席爾朵拉說。「我自己快餓死了。」她把行李箱放到床上，脫下鞋子。她說：「最讓我不爽的就是餓肚子。我會大吼大叫，還會餓哭。」她從行李箱裡拿出一件柔軟的訂做休閒褲。

「尤其晚上，」達德利太太露出微笑。「天黑之後。」她說完就走出房間，將門關上。

過一會愛麗諾說：「她走路也沒有聲音。」

「這老幫傭真好相處啊。」席爾朵拉轉身，環顧房間。「我收回之前說的，這不像上好的旅館。」她說。「這有點像我讀過的寄宿學校。」

「來看我的房間。」愛麗諾說。她打開浴室門，帶她進到藍色房。「我行李都拿出來收好了，妳來的時候，我正考慮要重新打包離開這。」

「可憐的小寶貝。妳一定餓壞了。我從外頭看到這地方，我唯一想的是，要是能站那看這房子燒毀多好。也許我們離開前可以……」

「在這裡一個人好可怕。」

「妳下次放假應該去看看我的寄宿學校。」席爾朵拉走回她的房間，兩間房有動靜和聲響之後，愛麗諾感覺開心多了。她整理好衣架上的衣服，把書整齊地放在床頭櫃。「妳知道，」席爾朵拉從另一間房喊道，「這真的有點像第一天上學，每樣東西都又醜又奇怪，妳不認識任何人，又很怕大家會笑妳的衣服。」

愛麗諾打開抽屜櫃，拿出休閒褲，遲疑了一下，接著大笑，把褲子扔到床上。

「我沒聽錯吧？」席爾朵拉繼續說。「如果我們晚上尖叫，達德莉太太不會來嗎？」

「她沒有答應要這麼做。妳有在大門見到和藹可親的老管理員嗎？」

「我們聊得好開心呢。他說我不能進來，我說我可以，然後我想用車撞他，但他跳開了。聽著，妳覺得我們必須待在房間等嗎？我想換上比較舒服的衣服——還是妳覺得我們要穿正裝吃飯？」

「妳不穿我就不穿。」

「妳不穿我才不穿。他們打不過我們兩個。總之，我們去外頭探索一下。我不想待在這屋頂下。」

「山上天黑得很早，都是樹林……」愛麗諾又走到窗邊，但斜陽仍照著草坪。

「差不多要一小時天才會真的黑。我想去外面草坪走走。」

愛麗諾選了件紅色毛衣，和一雙為了搭配所買的紅色涼鞋，但在山莊的房間裡，兩個紅色竟然不一致，明明昨天在城裡看起來差不多。她心想，我活該，居然想穿這種衣服，畢竟我不曾穿過。但她看起來意外不錯，她站在衣櫃門上的長鏡前端詳自己，可說一點也不突兀。「妳知道還有誰會來嗎？」她問。「或什麼時候會來？」

「蒙塔古博士。」席爾朵拉說。「我以為他會比所有人都早到。」

「妳認識蒙塔古博士很久了嗎？」

「我不曾見過他。」席爾朵拉說。「妳呢？」

「一樣。妳準備好了嗎？」

「準備好了。」席爾朵拉穿過浴室門，走進愛麗諾房間。愛麗諾轉身心想，她好美。我希望我很美。席爾朵拉穿著鮮豔的黃色上衣，愛麗諾大笑說：「妳比窗戶照進來的光還亮。」

席爾朵拉走來，在愛麗諾的鏡中滿意地看著自己。「我覺得，」她說，「在這淒涼的地方，我們的責任是盡可能打扮亮眼。我覺得妳的紅色毛衣很好看，我們兩個站在希爾山莊兩端都看得到彼此。」她繼續看著鏡子說。「蒙塔古博士是寫信給妳的嗎？」

「對。」愛麗諾很難為情。「起初我不知道是不是惡作劇。但我妹夫查了他的背景。」

「妳知道，」席爾朵拉緩緩說，「直到最後一刻——我想是到大門之前——我一直很懷疑希爾山莊是否真實存在。這種事我可不抱期待。」

「但有人很期待喔。」愛麗諾說。

席爾朵拉大笑，從鏡前轉身，牽起愛麗諾的手。「天真的朋友，」她說，「我們去晃一晃。」

「我們不能離這裡太遠——」

「我向妳保證，妳不想再走，我們就不會多踏出一步。妳覺得我們必須跟達德利太太說一聲嗎？」

「反正她大概監視著我們的一舉一動，這可能是她答應過的事。」

「我在想她答應過誰？德古拉伯爵[6]？」

「妳覺得他住在希爾山莊？」

「我想他都在這裡過週末。我發誓我在樓下的木天花板上看到蝙蝠。來吧、來吧。」

在黑木壁板之間和樓梯朦朧的光線下，她們奔跑下樓，散發著活力和色彩。她們的腳步聲砰砰作響，達德利太太站在樓下，無聲地看著她們。

「我們要去探險，達德利太太。」席爾朵拉一派輕鬆說。「我們要去外面。」

「但我們很快就會回來。」愛麗諾補了一句。

「我六點會把晚餐放在櫥櫃上。」達德利太太解釋。

愛麗諾將巨大的前門拉開，大門和看起來的一樣重，她心想，我們真的要找個輕鬆點的方式回來。「讓門打開好了。」她回頭跟席爾朵拉說。「這門好重。搬一個大花盆來抵住門。」

席爾朵拉把一個石製花盆從大廳角落拖來，她們把花盆放到門口，抵住門。她們從屋子的陰影中走出，斜陽感覺無比明亮，空氣清新甜美。她們一出門，達德利太太便將花盆搬走，沉重的大門應聲關上。

「老幫傭人真好。」席爾朵拉看著緊閉的大門說一句。一時間，她神情無比惱怒。愛麗諾心想，我希望她永遠不會對我露出這表情。而且她很驚訝，她記得自己遇到陌生人向來很害羞、笨拙和膽小，但現在不到半小時，她已覺得席爾朵拉和她密不可分，她生氣起來好可怕。「我想白天達德利太太在時，我應該會離屋子遠遠的，找件事去做。可能去網球場打球，或去溫室種葡萄。」

「也許妳能幫達德利看門。」

6 恐怖小說《德古拉》中的同名角色，德古拉伯爵是嗜血、專挑年輕女子下手的吸血鬼原型。

「或去蕁痲叢中找無名墓。」

她們站在門廊的欄杆前。從這裡，她們看到車道轉入樹林，延伸到平緩的山丘下，並連接上遠方一條線，那應該是主幹道，她們能從那條路回去城市。樹林中，除了一條連接房子的電線，沒有其他證據能證明希爾山莊和這個世界有所連結。愛麗諾轉身，沿著門廊走，門廊看來環繞屋子一圈。「喔，妳看。」她彎過屋角說。

屋子後面山丘連綿不斷，夏日的山丘蔥鬱青翠，安詳寧靜。

「這是他們叫這裡希爾山莊的原因[7]。」愛麗諾沒頭沒腦地說。

「完全是維多利亞式的思維。」席爾朵拉說。「他們只想在鋪張的玩意兒裡打滾，例如把全身埋在天鵝絨、流蘇和奢華絨布中。但更早或更現代的人會把山莊直接建在山頭，那裡才是山莊該在的地方，而不是窩在這裡。」

「如果山莊在山頭上，大家都看得到。我贊成它繼續藏在這裡。」

席爾朵拉說：「我住在這一定天天提心吊膽，怕山丘會壓到我們身上。」

「山不會壓下來。它們只會悄悄滑下，在妳想跑走時埋住妳。」

「謝謝妳喔。」席爾朵拉小聲說。「先是達德利太太，現在妳也來這套。我等一下就打包回家。」

愛麗諾相信了，她轉身瞪大眼睛，卻看到席爾朵拉一臉得意，她心想，她比我勇敢多了。出乎意料，席爾朵拉看穿了愛麗諾的想法（對愛麗諾來說，後來這事不但變得習以為常，更是代表著「席爾朵拉」獨一無二的特點），並回答她：「不要一直那麼害怕。」她說著伸出一根手指撫摸愛麗諾的臉頰。「我們永遠不知道自己的勇氣從何而來。」她說完快速跑下階梯，來到高大樹林間的草坪。「快來，」她回頭大喊，「我想看附近有沒有溪。」

「我們不能跑太遠。」愛麗諾說著跟了上去。她們像兩個小孩跑過草坪，雖然只在希爾山莊待了一小段時間，但她們都渴望著開闊的空地；而在踏過硬地之後，雙腳踏上草地更是滿足。像動物一般，她們循著聲音和氣味，憑直覺向前。「這裡，」席爾朵拉說，「有條小徑。」

小徑帶她們一步步朝水流聲靠近。她們在樹林中來回前進，偶爾會看到山丘下方的車道。她們繞過一片布滿岩石的草地，不斷向下，這時她們已看不到山莊了。

---

7 希爾（Hill）有山丘之意。

她們走出屋子，穿過樹林，來到照得到陽光的地方時，愛麗諾感覺輕鬆多了，不過她發覺太陽已西下，連綿的山丘近在眼前，令人心慌。她朝席爾朵拉大喊，但席爾朵拉只回喊道：「來吧！來吧！」並不斷跑下去。突然之間，席爾朵拉煞住腳步，氣喘吁吁，身體不斷搖晃，原來河岸毫無預警出現在她面前，愛麗諾速度比較慢，趕緊抓住她的手，將她拉回來，接著兩人大笑倒在河岸上，而陡坡再下去便是溪了。

「這裡很愛嚇人。」席爾朵拉大口吸氣說。

「妳掉下去活該。」愛麗諾說。「跑那麼快。」

「很漂亮，對不對？」溪水快速流動，表面漾起陣陣水波。對面河岸的青草蔓延到水邊，黃色和藍色的花朵探過頭來，那裡有個平緩的圓山頭，也許再過去是一片草地，遠方高大的山丘仍沐浴在陽光中。「很漂亮。」席爾朵拉自己下了結論。

「我確定自己來過這裡。」愛麗諾說。「可能在一本童話書裡。」

「我想也是。妳會打水漂嗎？」

「公主來這裡找一隻金色的魔法魚，那隻魚其實是王子變的——」

「這水可能不夠妳那條金色的魚來游。水深應該不到八公分。」

「那裡有踏腳石可以過河，還有小魚在游，非常小的魚——米諾魚嗎？」

「全都是王子變的。」席爾朵拉在河岸上，迎著陽光伸展身子，打個呵欠。「蝌蚪嗎？」她猜。

「米諾魚。現在太晚了，不會有蝌蚪，傻瓜，但我猜我們找得到青蛙蛋。我以前會把米諾魚抓在手裡，再把牠們放掉。」

「妳真是當農夫妻子的料。」

「這裡很適合野餐，我們可以帶食物和水煮蛋來溪邊吃。」

席爾朵拉大笑。「雞肉沙拉和巧克力蛋糕。」

「用保溫瓶裝檸檬水，再帶個鹽罐。」

席爾朵拉翻身，一臉享受。「大家都誤會螞蟻了。我幾乎沒看過螞蟻。也許有牛吧，但我覺得我野餐不曾真的看過螞蟻。」

「原野上一直都有公牛嗎？是不是老是有人說：『但我們不能穿過原野，那裡有公牛』？」

席爾朵拉睜開單眼。「妳以前有好笑的叔叔嗎？不管他說什麼，大家都會笑？他以前會跟妳說不要怕公牛——公牛追妳時，只要抓住牛鼻子上的牛環，把牠甩到頭上就行了？」

愛麗諾扔了顆小石頭到溪裡，看石頭沉入清澈的水底。「妳有很多叔叔嗎？」

「超多。妳呢？」

過一會，愛麗諾說：「喔，有啊。老的、少的、胖的、瘦的——」

「妳有愛娜姑姑嗎？」

「我是穆麗兒姑姑。」

「瘦瘦的？戴無框眼鏡？」

「別石榴石胸針。」愛麗諾說。

「參加家族宴會時，她會穿那種深紅色洋裝嗎？」

「還有蕾絲手袖——」

「那我覺得我們一定是堂姊妹。」席爾朵拉說。「妳有戴過矯正器嗎？」

「沒有。但我有雀斑。」

「我上私立學校時，他們逼我學屈膝禮。」

「我一整個冬天都在感冒。我媽會逼我穿羊毛襪。」

「我媽逼我哥帶我去跳舞，我一直做屈膝禮，做到快瘋掉。我哥到現在都還在恨我。」

「我畢業進場時跌倒了。」

「我唱歌劇忘詞了。」

「我以前會寫詩。」

「沒錯，」席爾朵拉說，「我確定我們是堂姊妹。」

她坐起大笑，這時愛麗諾說：「安靜，有東西在動。」兩人動也不動，肩靠肩往前方看，對岸山坡有塊草叢在動。有個看不見的東西緩緩爬過青綠的山丘，即使面對著陽光和潺潺小溪，仍教人不寒而慄。「是什麼？」愛麗諾用氣音說，席爾朵拉堅定握住她手腕。

「走了。」席爾朵拉朗聲說，陽光再次回來，四周回復溫暖。「是隻兔子。」席爾朵拉說。

「我沒看到。」愛麗諾說。

「妳一開口我就看到了。」席爾朵拉語氣堅定。「是隻兔子，牠翻過山丘不見了。」

「我們出來太久了。」愛麗諾說，她抬頭看到太陽已落到山丘上，內心一陣焦急。她趕緊起身，發現自己跪在潮溼的草地太久，雙腿僵硬。

「想像兩個像我們一樣的野餐輕熟女，」席爾朵拉說，「居然怕隻兔子。」

愛麗諾伸出手，拉她起來。「我們最好快點回去。」她說，由於她沒意識到自己強烈的焦慮，又補了一句：「其他人可能都到了。」

「我們下次一定要再來這裡野餐。」席爾朵拉說，她小心隨她沿著小徑爬上緩坡。「我們一定要來溪邊，來個老派的野餐。」

「我們可以請達德利太太煮一些水煮蛋。」愛麗諾停在小徑上，沒轉身。「席爾朵拉，」她說，「我覺得我不行。我真的覺得我辦不到。」

「愛麗諾。」席爾朵拉摟住她肩膀。「妳要讓他們拆散我們嗎？我們都發現我們是堂姊妹了？」

III

1

幾乎是迫不及待，太陽終於沉入山丘，落入像枕頭般的團團黑影中。草坪上已有著長長的影子，愛麗諾和席爾朵拉從小徑走出，來到希爾山莊側邊的門廊，山莊莊嚴地將它的瘋臉藏在漸漸擴散的黑暗中。

「有人在那裡。」愛麗諾說著加快腳步，那是她第一次見到路克。她心想，戀人相遇便是旅程的終點，然後沒頭沒腦地問道：「你在找我們嗎？」

他走到門廊欄杆前，在薄暮中看著兩人，接著他鞠躬歡迎她們，說道：「『這要是死亡，那讓我死吧[8]。』小姐們，如果妳們是住在希爾山莊的鬼，我願意永遠待在這。」

愛麗諾嚴厲心想，他真的有點白痴，席爾朵拉說：「抱歉，我們不是來這裡歡迎你的。我們剛才在四處晃晃。」

「一個難相處的臭臉老太婆歡迎我們了，謝謝妳們。」他說。「她告訴我：『你們好，我希望早上回來時你們還活著，晚餐在櫥櫃上。』說完她便開著最新型的敞篷車，載著前兩名殺人犯走了。」

「那是達德利太太。」席爾朵拉說。「第一個殺人犯一定是看守大門的達德利。我猜另一個是德古拉伯爵。完美的一家人。」

「既然我們在列出所有角色，」他說，「我叫路克．桑德森。」

愛麗諾吃了一驚，不禁開口。「那你是家族的人？希爾山莊是你們的房子？你不算蒙塔古博士的客人？」

「我是家族的人，有一天這富麗堂皇的屋子會是我的財產。但在那之前，我來這裡仍是蒙塔古博士的客人。」

席爾朵拉咯咯輕笑。她說：「我們是愛麗諾和席爾朵拉，我們是兩個小女孩，原本計畫要去溪邊野餐，結果卻被一隻兔子嚇回家了。」

「我非常怕兔子。」路克有禮地附和。「我負責提野餐籃的話，可以加入嗎？」

「你可以帶你的烏克麗麗，我們吃雞肉三明治時，你可以為我們彈奏。蒙塔古博士到了嗎？」

「他在裡頭，」路克說，「心滿意足欣賞著他的鬼屋。」

他們沉默一會，並想彼此站近一些，席爾朵拉小聲說：「天變黑之後，感覺不好玩了，對吧？」

「兩位小姐，歡迎。」巨大的前門打開。「進來吧，我是蒙塔古博士。」

---

8 出自莎士比亞《十四行詩》第一四六首。

2

他們四人第一次站在希爾山莊寬敞黑暗的大廳。屋子穩穩籠罩住他們，上方山丘已然沉睡，並維持著警戒，空氣陣陣波動，萬物窸窣作響，喃喃細語，靜靜等待。他們站的那塊小地方，莫名成為天地意識的中心，四人分開站著，滿懷信任看著彼此。

「很高興大家都安全抵達，而且很準時。」蒙塔古博士說。「歡迎大家，歡迎來到希爾山莊——你應該更感動吧，小夥子？總之，歡迎、歡迎。路克，你能幫我調杯馬丁尼嗎？」

3

蒙塔古博士舉起玻璃杯，滿懷期待地啜飲一口，呼出一口氣。「真好，」他說，「就是這味道，小夥子。敬我們在希爾山莊成功。」

「像這種事，要怎麼確切定義為成功？」路克好奇地問。

博士大笑。他說：「這麼說吧，我希望你們都不虛此行，而我的書會讓同事大吃一驚。對有的人來說，這可能像度假，但我不敢說這是度假，我希望你們好好工作——當然，工作主要是能動手做的事，對吧？」他鬆了口氣，彷彿在濃霧中找到不可動搖的事物。「筆記。我們會寫筆記——對有的人來說，應該算輕鬆。」

「只要沒人拿酒鬼當眼就好。」席爾朵拉說，並把玻璃杯給路克倒酒。

「鬼？」博士盯著她。「酒鬼？對，沒錯。我們當然沒有人會……」他猶豫一會，皺起眉頭。「當然不會。」他面帶焦慮，快速喝了三口酒。

「這一切都好奇怪。」愛麗諾說。「我是說，今早我還在好奇希爾山莊會是什麼樣子，現在我不敢相信這裡真的存在，而且我們就在這裡。」

博士摸索一會，才搞清楚方向，並帶領大家走進一條狹窄走廊，選了一間房間，最後大家都坐了下來。當然，這間房說不上舒適，天花板異常得高，路克馬上在壁爐點了火，但壁爐的細磚卻感覺無比冰冷。他們身下的椅子呈弧型，屁股一直滑來滑去，不好坐穩，檯燈的光線透過彩珠燈罩在角落投下陰影。房間給人排山倒海的紫色印象，他們腳下的地毯有著暗淡扭曲的圖案，牆面貼著壁紙並鍍了金，壁爐檯上，有一尊大理石愛神丘比特像，臉上掛著傻傻的笑容，俯瞰他們。他們沉默一會，屋子的寂靜從四面八方籠罩住所有人。愛麗諾仍在懷疑自己是否真的在這裡，而不是在遙遠、安全的地方做夢，她小心翼翼緩緩環視房間，告訴自己這是真的，從壁爐的瓷磚到大理石丘比特像，這些東西都真實存在。這些人會成為她的朋友。博士身材圓胖，面色紅潤，留了一臉鬍子，那副模樣看起來就適合坐在溫暖可愛的客廳中烤火，大腿上躺隻貓，並有個面色紅潤、身材嬌小的妻子為他端來果醬司康，但無可否認，他就是指示愛麗諾來這的蒙塔古博士，他是個矮小的男人，學識淵博、個性固執。壁爐另一邊是席爾朵拉，她不偏不倚坐入勉強算最舒服的位子，身體扭動一番，最後她把頭靠著椅背，雙腳跨到椅臂上。愛麗諾心想，她像隻貓，而這隻貓理所當然在等著她的晚餐。路克一刻都閒不下來，來來回回穿梭陰影中，倒酒、撥火堆、摸摸大理石丘比特像。他在火光中顯得很聰明，且焦躁不安。他們全都不發一言語，看著火堆，各自旅程至此都懶洋洋的，愛麗諾心想，我是這房中第四個人，我是他們的一份子。我屬於這裡。

「既然我們全到齊了。」路克突然說，彷彿對話不曾中斷。「我們要不要認識一下彼此？目前為止，我們只知道大家的名字。我知道愛麗諾是穿著紅色毛衣的那位，所以穿著黃色的一定是席爾朵拉——」

「蒙塔古博士有留鬍子，」席爾朵拉說，「所以你一定是路克了。」

「妳是席爾朵拉，」愛麗諾說，「因為我是愛麗諾。」她得意地告訴自己，一個屬於這裡的愛麗諾，並正和朋友坐在壁爐旁輕鬆聊天。

「所以妳穿著紅色毛衣。」席爾朵拉冷靜解釋。

「我沒有留鬍子，」路克說，「所以他一定是蒙塔古博士。」

「我有鬍子。」蒙塔古博士一臉滿意，並眉開眼笑環視他們。他跟他們說：「我妻子喜歡男人有鬍子。不過許多女人覺得鬍子很討厭。我妻子跟我說，鬍子刮乾淨的人——不好意思，小夥子——看起來像少穿了件衣服。」他向路克舉杯。

「現在我搞清楚我是誰了。」路克說。「讓我再多說點自己的事。我私底下——假如現在大眾生活和這個世界真有所謂隱私的話——我看看，我是個鬥牛士。沒錯，鬥牛士（Bullfighter）。」

「我愛我愛人的B，」愛麗諾情不自禁說了句順口溜，「因為他有大鬍子[9]（Bearded）。」

「原來如此。」路克朝她點點頭。「那我可能是蒙塔古博士了。我住在曼谷，我的嗜好是招惹女人。」

「我才不是。」蒙塔古博士抗議，並覺得好笑。「我住在貝爾蒙特。」

席爾朵拉大笑，並看了路克一眼，向他表示理解，就跟之前和愛麗諾相處時一樣。愛麗諾看了酸溜溜地心想，席爾朵拉感覺敏銳，能瞬間與人合拍，和這樣的人相處久了有時會很煩。為了讓腦袋安靜下來，愛麗諾趕緊說：「我的職業是藝術模特兒。我過著瘋狂放縱的生活，成天披著披肩，每天都住不同的閣樓。」

「妳無情又放蕩嗎？」路克問。「還是妳是脆弱的女子，和伯爵之子墜入愛河，日漸消瘦？」

「人老珠黃，咳個沒完？」席爾朵拉補充。

「我覺得我有顆金子做的心。」愛麗諾略有所思地說。「總之，我的韻事是茶餘飯後的八卦。」老天啊，她心想，太大膽了。

「哎呀，」席爾朵拉說，「那我是伯爵的女兒。原本我的服裝都是絲綢、蕾絲和金子做的，但我跟女僕借了衣服來融入大家。想當然爾，我迷上了平凡生活，永遠不想回去，可憐的女僕只能自己去買新衣服了。你呢，蒙塔古博士？」

他在火光中微笑。「我是朝聖者。一個浪人。」

「真是友善的一群人。」路克滿意地說。「注定成為形影不離的朋友。交際花、朝聖者、公主和鬥牛士。希爾山莊絕對沒見過我們這樣一群人。」

「這點我得誇一下希爾山莊。」席爾朵拉說。「我絕對沒看過它這種房子。」她起身，拿著酒杯，走去端詳玻璃花碗。「他們怎麼叫這房間，你們覺得？」

「可能是客廳，」蒙塔古博士說，「也可能是女生個人臥房。我覺得與其在其他房間，在這裡會比較舒適。其實，我覺得我們應該把這個房間當作我們的行動中心，就像公共休息室，可能說不上多好——」

「這當然夠好了。」席爾朵拉酸溜溜地附和。「栗色面料和櫟木板最能讓人興

9 英文著名的童謠、順口溜和拼字遊戲，後句可以接上任何形容詞，例如我愛我愛人的A，因為他令人愉快（agreeable）。

奮了，角落那是什麼？轎子嗎？」

「明天妳可以去選別的房間。」博士跟她說。

「如果要把這裡當成聚會室，」路克說，「我提議搬些椅子來。這椅子我無法久坐。我一直滑下去。」他小聲對愛麗諾說。

「明天。」博士說。「明天我們會探索整棟屋子，想怎麼弄都行。好了，如果大家講完了，我想我們能去看達德利太太為我們準備的晚餐。」

席爾朵拉馬上動作，然後一臉困惑停了下來。「有人要帶路，」她說，「我不知道餐廳在哪裡。」她指一道門。「那道門會通往長走廊，進到大廳。」她說。

博士咯咯輕笑。「不對，親愛的。那道門會通往溫室。」他起身帶路。「我研究過這屋子的平面圖，」他志得意滿地說，「我相信我們只需穿過這道門，沿著走道走到大廳，越過大廳，經過撞球房便能找到餐廳。沒多難，」他說，「多走幾次就熟了。」

「他們幹嘛弄得這麼複雜？」席爾朵拉問。「為什麼這麼多奇怪的小房間？」

「也許他們喜歡躲著彼此。」路克說。

「我不懂他們幹嘛弄得裡面烏漆墨黑的。」席爾朵拉說。她和愛麗諾跟著蒙塔古博士走入走廊，路克跟在後頭，中途拉開一張小桌的抽屜，喃喃自語，好奇觀察著陰暗大廳的壁板，上方雕有丘比特頭和緞帶結。

「有的房間是暗房。」博士從前面說。「沒對外窗，沒辦法通往戶外。但這點不意外，這個時代的建築常有許多封閉的房間，尤其就算有窗，你會發現窗內都掛著厚重的窗簾和帷幕，窗外都有灌木叢。啊。」他打開走廊門，帶他們進到大廳。「好了。」他看向另一頭，中央有個巨大的雙扇門，兩側各有一道小門。「好，」他說著選了最近的門，「這屋子確實有它詭異之處。」他扶住門，讓大家走進後頭陰暗的房間。「路克，你來扶住這道門，我去找餐廳。」他謹慎越過房間，打開一道門，他們跟著他進到目前見過最舒適的房間，房間有燈光，看得到、也聞得到食物，心情自然舒適許多。「恭喜我自己，」他開心搓著雙手說，「我帶你們穿過希爾山莊未知的荒野，來到文明。」

「我們應該要把每道門都打開。」席爾朵拉緊張地回望。「我討厭在一片漆黑中亂走。」

「那妳必須用東西擋住門。」愛麗諾說。「這屋子手只要放開，每道門都會自己關上。」

「明天吧。」蒙塔古博士說。「我會記起來的。門擋。」他開心走向櫥櫃，達德利太太用烤爐保溫，櫥櫃上有一排豐盛的自助菜盤。餐桌已擺好四人的餐具，並有蠟燭、錦緞和沉重的銀器，十分豪華。

「不怎麼節儉，原來如此。」路克說，他拿起一根叉子，動作可說證明了姑姑的懷疑。「我們桌上的是整組的銀器。」

「我想達德利太太以這屋子為傲。」愛麗諾說。

「總之她食物準備得挺用心的。」博士盯著烤爐裡面說。「我覺得這樣安排非常好。達德利太太天黑前會離開這裡，讓我們享用晚餐，不用受她的氣。」

「也許，」路克看著自己盛裝不少食物的盤子，「也許我誤會達德利太太了——我為什麼非得覺得達德利太太好？——也許我對她真的不大公平。她說她希望我早上還活著，然後說晚餐在爐子裡。我懷疑她其實是想撐死我。」

「她為什麼在這裡？」愛麗諾向蒙塔古博士問道。「她和丈夫為什麼單獨待在這屋子？」

「就我了解，達德利夫婦這輩子都負責管理希爾山莊，當然桑德森家族很樂意讓他們繼續下去。但明天——」

席爾朵拉咯咯笑了。「在家族的人中，真正該繼承希爾山莊的人可能是達德利太太。我覺得她只是在等桑德森家族的繼承人一一出現噩耗——路克，就是你——接著她便能得到這屋子和埋在地窖的金銀財寶。或也許她和達德利將金子藏在祕室裡，而屋子底下都是石油。」

「希爾山莊沒有祕室。」博士肯定地說。「當然，以前可能有想過，不過我敢說這裡沒有那麼浪漫的設計。但明天——」

「總之石油絕對過時了，這時代的山莊裡什麼都不會有。」路克告訴席爾朵拉。「達德利太太要冷血殺了我的話，至少得為了鈾。」

「或單純為了好玩。」席爾朵拉說。

「對，」愛麗諾說，「但我們為什麼要來這裡？」

三人看著她，沉默半晌，席爾朵拉和路克一臉好奇，博士一臉嚴肅。後來席爾朵拉開口：「我正要問。我們為什麼在這裡？希爾山莊有什麼問題嗎？接下來會發生什麼事？」

「明天——」

「不，」席爾朵拉說，可說動了肝火。「我們三個是成年人，能理解事情。蒙塔古博士，我們三人都大老遠來希爾山莊見你了。愛麗諾想知道為什麼，我也想知道。」

「我也是。」路克說。

「你為什麼帶我們來這裡，博士？你為什麼自己要來？你是怎麼打聽到希爾山莊？為什麼希爾山莊有這傳聞？這裡到底發生什麼事？接下來會發生什麼事？」

博士皺起眉頭，顯得不開心。「我不知道。」席爾朵拉氣惱不已，馬上比了個手勢，於是博士繼續說道：「我和你們一樣，對這棟屋子所知甚少，我當然打算將我知道的一切都告訴你們，至於會發生什麼事，發生之後，我才會知道。但我想明天談論這件事並不算晚，等天亮——」

「我不要。」席爾朵拉說。

「我向妳保證，」博士說，「希爾山莊今晚會很安靜。這種事有個規律，靈異現象彷彿都遵循著特定的法則。」

「我真的覺得我們應該今晚討論。」路克說。

「我們不怕。」愛麗諾補了一句。

博士又嘆口氣，緩緩開口：「假如你們聽了希爾山莊的故事，決定不要住下來，你們今晚怎麼離開？」他又迅速看了大家一眼。「大門鎖起來了。希爾山莊向來堅持讓客人留下。它似乎不喜歡客人離開。上個試圖在天黑離開希爾山莊的人——我坦白說，那已是十八年前的事——他在車道轉彎處被殺，他的馬突然飛奔起來，將他撞死在一棵大樹上。假如我告訴你們希爾山莊的故事，你們有人想離開呢？至少明天，我們能確保人平安回到鎮上。」

「但我們不會逃走，」席爾朵拉說，「我不會，愛麗諾也不會，路克更不會。」

「堅守崗位，永不離去。」路克同意。

「你們真是一群叛逆的助手。那等吃完晚餐吧。我們會回到我們的小房間喝點咖啡，再喝點路克行李箱裡的白蘭地，那時我會告訴你們關於希爾山莊我所知的一切。但現在我們來聊音樂、繪畫，甚至是政治吧。」

4

「我還沒決定，」博士晃著杯中的白蘭地說，「要怎麼讓你們準備好面對希爾山莊。我當然不能把完整的歷史寫下來告訴你們，在你們有機會親眼見到它之前，我不希望影響你們的想法。」他們回到小巧的房間，那裡十分溫暖，令人昏昏欲睡。席爾朵拉決定放棄椅子，直接盤腿坐到壁爐前的地毯上，臉上滿是睡意。愛麗諾好想坐到她身旁，但她剛才來不及反應，已不小心坐到光滑的椅子上，她不想現在起身，笨拙地坐到地上，引起大家注意。吃完達德利太太的晚餐，再加上一小時安靜的對話，那一絲不真實和侷促的感受已經消失，他們開始認識彼此，認得每個人的聲音、動作、面孔和笑聲。愛麗諾突然感到驚訝，自己來希爾山莊不過四、五個小時而已，一想到此，她不禁望著火，露出淺淺的微笑。她摸著手指間細細的高腳酒杯，感覺著背後硬梆梆的椅子，房中空氣略有似無地流動，幾乎連流蘇和珠簾都無法吹動。角落充斥著陰影，大理石丘比特胖胖的臉上充滿快樂，笑看著他們。

「真是講鬼故事的好時間。」席爾朵拉說。

「拜託，」博士全身僵硬，「我們又不是小孩子了，不需要嚇唬彼此。」

「抱歉，」席爾朵拉朝他微笑，「我只是在努力讓自己習慣這一切。」

博士說：「讓我們練習小心使用自己的語言。鬼怪是先入為主的想法——」

「先拋下背後那隻看不見的手。」路克在旁附和。

「我的小夥子。拜託你，我正在解釋我們此行的目的，因為這事本質上算是科學探索，不該被謠傳的恐怖故事影響，甚至被扭曲，那種故事更適合在——我看看——烤棉花糖大會說。」他說得很滿意，並環視四周，看大家是否聽出些興致。「其實，我過去幾年研究靈異現象時，有確實整理出一個理論，而我現在第一次有機會試驗它。當然，理想上，你們不該知道任何關於希爾山莊的事。你們應該要一無所知，感受一切。」

「並寫下筆記。」席爾朵拉喃喃說。

「筆記。對，沒錯。筆記。但我也知道，向你們隱瞞背景很不切實際，主要是因為你們沒有心理準備，不習慣面對各種情況。」他露出狡猾的笑容，「你們像三個任性、被寵壞的小孩，吵著要聽床邊故事。」席爾朵拉咯咯笑了笑，博士開心朝她點頭。他起身站到火旁，那姿勢儼然像要上課了。他似乎發現自己身後沒有黑板，因為他身體半轉一、兩次，手都舉起，好像想找粉筆寫下重點。「好，」他說，「我們來說一下希爾山莊的歷史。」愛麗諾心想，我希望我有筆記本和筆。她希望讓他感到自在。她望向席爾朵拉和路克，發現兩人像在上課一樣，不由自主變得十分專注。她心想，大家極度認真，我們的冒險進入下個階段了。

博士說：「你們記得，《利未記》中房子稱之為『不潔之物』，也就是所謂tsaraas，或荷馬對冥界的用語：aidao domos，黑帝斯之家。我想我必須提醒你們，人類自古以來，有的房子就不乾淨，或是成為禁忌之地——或也許是神聖之地——當然有的房子絕對神聖崇高，善良美好。但要說有的房子天生邪惡，恐怕也不誇張。無論如何，希爾山莊已逾二十年不適合人居住。它之前是如何？它是否因為住在那裡的人而改變，或它是否從建好之初就如此邪惡，這些問題我都無法回答。當然我希望我們離開前，能了解更多關於希爾山莊的事。有的房子大家會說它鬧鬼，但一問原因，有時甚至無人知曉。」

「不然還能怎麼形容希爾山莊？」

「嗯——也許可以說不正常、不乾淨、有病。任何常用來委婉形容發瘋的詞都可以，像『錯亂的房子』就滿貼切的。現行的理論往往摒棄古怪和神祕的說法，有人會說所謂『靈異』現象，其實是因為地下水或電流影響，或是因為空氣汙染，引發人的幻覺。懷疑論者也提出不少理論，像大氣壓力、太陽黑子、地震等。」博士難過地說。「大家遇到這種事，內心會感到無比焦慮，想趕快找個解釋，於是他們穿鑿附會，只要讓人聯想到科學就好。」他嘆口氣，放鬆下來，對他們露出試探的微笑。「鬧鬼的屋子，」他說，「大家聽了會笑。我只好跟大學裡的同事說，我今年夏天要去參加營隊。」

「我跟大家說我來參加科學實驗。」席爾朵拉好心分享。「當然沒告訴他們地點和內容。」

「可能妳朋友不像我朋友，對科學實驗比較不執著。」博士嘆口氣。「參加營隊，我這年紀？結果他們居然相信了。好吧。」他再次挺起胸膛，摸了摸身側，可能想拿教尺。「一年前，我從前租戶口中首次聽說希爾山莊。他起初向我保證，他離開希爾山莊是因為家人不想住在偏僻的鄉下，最後卻說，就他來看，這屋子應該要燒毀，並在灰燼上灑鹽。我調查了一下，發現有其他人租過希爾山莊，但他們最多待幾天便離開了，確實不曾有人待完租期，理由各式各樣，像地點潮溼——順道一提，這是假的。這屋子非常乾燥——或由於工作因素，急著搬走。換言之，每個租戶急著搬離希爾山莊時，都盡力擠出合理的理由，但最終每個人都走了。當然，我有去找各個租戶打聽，但他們都拒絕提供我任何資訊，甚至不願回想那幾天發生的事。唯獨有一點，他們意見一致。每個在屋子待過一段時間的人，無一例外，都勸我盡可能遠離這地方。前租戶沒人承認希爾山莊鬧鬼，但我來希爾斯代爾調閱報紙記錄時發現——」

「報紙？」席爾朵拉問。「有出事嗎？」

「喔，有的。」博士說。「成績相當輝煌，有人自殺，有人發瘋，還鬧上法庭。後來我發現，當地人都很確定山莊有問題。當然，我聽到不下數十種說法——

要得到跟鬼屋有關的正確資料，真的難上加難。我光為這一點事實費了多少勁，說出來嚇死你們——最後我去找桑德森女士，路克的姑姑，租借了希爾山莊。她毫不掩飾自己有多厭惡這座山莊——」

「要燒屋子其實沒大家想的那麼容易。」路克說。

「——但她同意讓我短租，完成我的研究，條件是讓一名家族成員加入。」路克嚴肅地說：「他們希望我能說服你們不要挖出以前的醜聞。」

「好了。我解釋完自己和路克來到這裡的原因了。至於兩位小姐，我們都知道，妳們會來是因為我寫信給妳們，而妳們接受了我的邀請。我希望妳們各自用自己的方式，強化這屋子的力量。席爾朵拉發現自己有某種心電感應的能力，愛麗諾則親身遭遇過物體移動的靈異現象——」

「我？」

「當然了。」博士好奇望著她。「多年前，妳還小的時候。石頭——」

愛麗諾皺起眉頭，搖搖頭。她拿高腳杯的手指顫抖著，然後她說：「那是鄰居做的。我母親說石頭是鄰居丟的。大家一直都嫉妒我們。」

「可能是如此。」博士靜靜地說，並朝愛麗諾微笑。「當然，這事多年前就被遺忘了。我只是要說，這就是我邀妳來希爾山莊的原因。」

「我小時候，」席爾朵拉懶洋洋地說，「——博士，就是你委婉說的『多年前』——我用磚頭砸破溫室屋頂，結果被打了一頓。我記得自己考慮很久，我仍記得被打的滋味，但也記得砸玻璃的快感。仔細考慮過後，我又去砸了一次。」

「我記不清楚了。」愛麗諾遲疑地對博士說。

「但為什麼？」席爾朵拉問。「我是說，我能接受希爾山莊鬧鬼，而蒙塔古博士，你希望我們來幫你記錄一切——當然，我敢說你可能不想一個人待在這裡——但我就是搞不懂。這棟老宅很糟糕，要是我租的話，我看一眼大廳就會大喊退租。這裡究竟有什麼東西？是什麼把大家嚇成這樣？」

「我不會硬幫無以名狀的事物強加上名字。」博士說。「我不知道。」

「他們甚至沒告訴我發生什麼事。」愛麗諾急切向博士解釋。「我媽說是鄰居做的，他們一直都討厭我們，因為她不肯融入大家。我母親——」

路克打斷她，語氣刻意放慢。他說：「我覺得我們想知道的是事實。我們能理解和釐清的事。」

「首先，」博士說，「我要問你們所有人一個問題。你們想離開嗎？你們會希望大家把東西收一收，離開希爾山莊，永遠不要再和它有任何瓜葛嗎？」

他看向愛麗諾，愛麗諾緊緊握住雙手。她心裡想，這是另一個離開的機會，而她說：「不想。」她難為情地望向席爾朵拉。「我下午是有點像小孩子。」她解釋。「都是我自己在嚇自己。」

「才不完全是她說的那樣。」席爾朵拉替她說話。「其實我跟她一樣害怕。我們因為一隻兔子，把自己嚇得半死。」

「兔子確實是很可怕的動物。」路克說。

博士大笑。「總之我想我們每個人下午都有點緊張。車道一轉彎，突然看到希爾山莊全貌，確實會受到很大的衝擊。」

「我以為他要開去撞樹了。」路克說。

「我現在勇敢多了，在溫暖的房間，壁爐點著火，還有大家在。」席爾朵拉說。

「我覺得我們就算想走也走不了了。」愛麗諾還沒想清楚，也不顧其他人會怎麼想，便說出口了。她發現大家盯著她，於是她大笑，找了個站不住腳的理由。「達德拉太太絕不會原諒我們。」她不知道大家信不信這是她本來的意思。但她暗忖，「也許山莊逮住我們了，也許它不會讓我們走。」

「我們再喝一點白蘭地，」博士說，「然後我會告訴你們希爾山莊的故事。」他回到壁爐前的上課位置，彷彿要宣布國王早已過世，或戰爭早已結束。他語氣謹慎，不帶情緒，緩緩開口說：「希爾山莊建於八十年前，修伊．克雷恩為一家人建造這座山莊，他希望後代子孫能在這棟鄉間山莊過舒適豪華的生活，他也期待自己能在此安享晚年。不幸的是，希爾山莊從一開始便是個悲傷的地方，修伊．克雷恩年輕的妻子首次來山莊，就在前幾分鐘不幸過世，載她來的馬車翻覆，他們抬著那名女士——啊，我記得他們是說那具屍體——進到丈夫為她建造的山莊。修伊．克雷恩天性悲觀，憤世嫉俗，還有兩個女兒要照顧，但他並未離開希爾山莊。」

「小孩在這裡長大？」愛麗諾不可思議地問道。

博士微笑。「如我所說，山莊很乾燥。這裡沒有沼澤，她們不會因此發燒，鄉下空氣對孩子有益處，山莊本身也很奢華。我相信兩個小孩能在這裡盡情玩耍，可能很寂寞，但不會不開心。」

「我希望她們有去溪裡玩。」席爾朵拉說。她深深望著火焰。「可憐的孩子。我希望有人帶她們去草原奔跑和摘野花。」

「她們的父親後來再婚。」博士繼續說。「其實再婚了兩次。他的妻子——似乎運氣都不好。第二任克雷恩太太死於失足墜落，但我無法確定死亡原因和方式。她和前任妻子一樣，都是因為意外的悲劇而過世。第三任克雷恩太太則死於歐洲，死因是當時所謂的結核病。藏書室中有許多寄給兩個女兒的明信片，她們的父親和繼母把女兒留在希爾山莊，兩人去了一個個療養勝地。兩個女兒和家庭教師一直待在這裡，直到繼母過世。修伊．克雷恩後來決定把希爾山莊關了，長居國外，他女兒便去和生母的親戚住在一起，並在親戚家長大。」

「我希望媽媽的親戚比修伊好相處一點。」席爾朵拉說，她仍幽幽地望著火焰。「想到就覺得不開心，孩子怎能像蘑菇一樣，在黑暗中長大？」

「她們並不這麼想。」博士說。「兩姊妹的下半輩子都在爭奪希爾山莊。修伊．克雷恩原本滿心期待，想在這裡打造個王國，結果妻子過世不久後，他也在歐洲過世了。於是希爾山莊便由兩姊妹共同繼承，那時她們都已長大成人。總而言之，姊姊在這之後正式進入社交圈。」

「盤起頭髮、學會喝香檳和拿扇子……」

「希爾山莊空了好幾年，但一直有人妥善整理，隨時等著家族來住。起初他們預期修伊．克雷恩會返家，他過世之後，兩姊妹都不想在此生活。這段時間，兩姊妹顯然有個共識，覺得希爾山莊應該屬於姊姊，因為妹妹結婚了——」

「啊哈，」席爾朵拉說，「妹妹結婚了。我敢說一定是偷走姊姊的情郎。」

「據說姊姊的感情跌跌撞撞，」博士附和道，「雖然說，無論真實原因為何，任何女士決定獨自生活時，多半採用這個說法。總之最後姊姊回來山莊生活。她和父親非常相像，她在這裡獨自生活好幾年，幾乎與世隔絕。但希爾斯代爾鎮民都認識她。聽起來不可思議，但她真心愛著希爾山莊，把它看做是真正的家。最後她收容了鎮上的一個女孩，做為自己的陪護。就我所知，當時鎮民對這棟屋子沒有多大的感覺，因為克雷恩小姐——最後大家當然都這麼稱呼她——會在鎮上雇用幫傭，而且她收容鎮上女孩為陪護也是件好事。克雷恩小姐經常為了屋子和妹妹爭執，妹妹堅稱，當初是因為家族有幾樣傳家寶說會歸她，她才放棄了山莊，怎料姊姊一直不肯給她。傳家寶有幾樣價值連城，其中包括一些珠寶、古董家具和一組金環碗盤，而妹妹最在意的就是那組金環碗盤。桑德森女士拿出一箱家族文獻讓我研究，我有看到好幾封妹妹寫給克雷恩小姐的信，信裡反覆提到金環碗盤的事，可見她確實心有不甘。無論如何，姊姊後來在山莊因肺炎過世，過世時只有年輕的陪護隨伺在側——事發之後有些傳聞，例如說陪護太晚通知醫生，或老太太躺在樓上無人照料時，年輕陪護卻在花園和鎮上的流氓勾搭，但我覺得這只是捏造出來的謠言。就我研究，當時相信這個說法的人不多，最廣為人知的故事，通常是妹妹對這一切懷恨在心，不擇手段想復仇。」

「我不喜歡妹妹。」席爾朵拉說。「她一開始偷走姊姊的愛人，後來又想偷走姊姊的碗盤。對，我不喜歡她。」

「希爾山莊發生過的悲劇無數，但話說過來，老宅通常是如此。畢竟大家總要有個地方生活和死亡。屋子只要能矗立八十年，肯定會有居民死在屋內。姊姊過世後，為了屋子，大家打了一場官司。姊姊的陪護堅持屋子是留給她的，但妹妹和妹夫強烈抗議，認為屋子於法屬於他們，他們聲稱姊姊本就打算將山莊留給妹妹，但陪護卻哄騙姊姊，騙走了山莊。如同所有家族紛爭，這事鬧得雞犬不寧，雙方都說出極其難聽又殘酷的話。陪護曾在法庭上發誓——我覺得這是希爾山莊展現它真面目的第一個跡象——妹妹晚上會來家裡偷東西。法官請她進一步證明時，她變得非常緊張，說法前後矛盾，最後她不得不提出證據，她說掉的有一組銀器、一組搪瓷和最著名的金環碗盤。但其實仔細推敲，這些東西非常難偷。妹妹這邊則直接控訴陪護謀殺，要求警方調查克雷恩小姐的死因；她也初步暗示，姊姊過世是因為陪護的疏忽和處置失當。我不知道這些說法有沒有人認真看待。除了姊姊的官方死亡證明書外，我沒查到任何紀錄，畢竟要是有任何古怪之處，鎮民肯定會第一個質疑。後來陪護打贏了官司，就我看來，如果打誹謗官司，她也能贏，總之山莊最終屬於了她，但妹妹不曾放棄過。後來妹妹開始威脅她，寄信恐嚇，四處造謠和抹黑。當地警方至少有過一條紀錄，陪護後來不得不去申請保護令，以免妹妹拿掃把打她。陪護後來似乎過得提心吊膽。每到夜晚她就覺得屋子會遭小偷——她一直堅持他們會來偷東西——我讀過一封令人心疼的信，她抱怨自從恩人過世後，她不曾有過一夜好眠。怪的是，幾乎全體鎮民都同情妹妹，也許因為陪護出身於鎮上，現在一夕之間卻成了莊園女主人。鎮民相信——我覺得現在依然相信——妹妹理當繼承遺產，結果卻被一個滿腹心機的年輕女子奪走。鎮民不相信陪護會殺死恩人，卻相信她不老實。想當然爾，這是因為大家看到機會時，自己多半也會偷雞摸狗。總之謠言殺人誅心。可憐的女孩後來自殺了——」

「自殺？」愛麗諾嚇得開口，差點站起身來。「她就這樣自殺了？」

「難道她有別的方法嗎？看來她是相信自己無處可逃。當地人認為，她選擇自殺是出於罪惡感。但我比較相信她是個固執卻不聰明的女人。這種女人會死命抱著自己感覺應得的一切，但精神上，她無法忍受長期的騷擾和迫害。面對妹妹各種報復，她當然沒有武器反擊，她鎮上的朋友都背叛了她，而不管屋子鎖多緊、封多密，她的敵人晚上都能從家裡偷走東西，她為此非常氣惱——」

「她應該要遠走高飛，」愛麗諾說，「離開那棟屋子，逃得愈遠愈好。」

「其實，她也算逃走了。我真的覺得那可憐的女孩是被恨死的。順道一提，她是上吊自殺的，據傳地點是在高塔的角樓，但只要像希爾山莊，有座高塔和角樓的話，眾人自然會謠傳那就是自殺地點。她自殺之後，屋子合法由桑德森家族繼承，他們是她的堂親，家族勢力龐大，不容妹妹迫害，妹妹當時已有一點痴呆了。我聽桑德森女士說，家族第一次來山莊時——應該是她的公婆——妹妹有來騷擾他們。她站在路上朝他們大吼大叫，結果馬上被當地警察帶回警局。妹妹的故事到此結束，從她被抓入警局，到幾年後她過世，她似乎只默默回顧人生的過錯，不曾再來打擾桑德森家族。怪的是，胡言亂語中，她一直堅持一點——不管是為了偷東西或別的理由，她晚上不曾、也絕不會來到山莊。」

「真的有東西被偷嗎？」路克說。

「如我所說，陪護最後勉強說了幾樣遺失物，但她也無法確定。可想而知，晚上有人闖空門的事，讓希爾山莊更增添一絲神祕感。不只如此，桑德森家族不曾住在這裡。他們曾在山莊待了幾天，跟鎮民說他們不久將入住，後來卻無預警地離開，將山莊原封不動關閉。他們跟鎮民說，家族遇到急事，必須住在城市裡，但鎮民心照不宣。自那時起，山莊就算有人住，也都是短期而已，不曾有人長期定居山莊。也是自那時起，山莊便一直公開出售和出租。好了，這就是全盤的故事。我需要再喝點白蘭地。」

「兩個可憐的小女孩。」愛麗諾看著火焰說。「我忘不了她們。她們穿梭在陰暗的房間，可能在這裡或樓上的臥室玩洋娃娃。」

「所以這棟老山莊一直在這。」路克猶豫地伸出手指，小心摸了摸大理石丘比特。「東西都沒人動過，也沒人用過，裡面的一切都再也沒人想要，山莊坐落在這裡沉思。」

「並等待著。」愛麗諾說。

「並等待著。」博士附和。他緩緩繼續說：「基本上，我想邪惡的是屋子本身。它會束縛並摧毀住在裡頭的人和他們的生活，這地方充滿惡意。好了。明天你們可以參觀整棟山莊。桑德森家族原先有想在這定居，所以接好了電，整理了管線，也安裝了電話，除此之外，一切都沒更動過。」

「好，」路克沉默一會說，「我相信我們在這裡會過得很舒適。」

5

愛麗諾意外欣賞起自己的腳。席爾朵拉睡眼惺忪地窩在壁爐旁，就在她腳趾尖過去的地方，愛麗諾心滿意足覺得，自己穿著紅色涼鞋的雙腳很漂亮。她心想，我是多完整又獨立的個體，從紅色的腳趾到頭頂，這就是獨特的我，擁有各種只屬於我的特質。她心想，我有雙紅鞋——那也是愛麗諾；我討厭龍蝦，習慣向左邊側睡，我緊張時會折手指，會蒐集鈕扣。我拿著白蘭地酒杯，這也是我的，因為我在這用著它，而我在這間房也有個位置。我有雙紅鞋，明天我會起床，我仍會在這裡。

「我有雙紅鞋。」她輕柔地說，席爾朵拉轉頭朝她微笑。

「我之前想——」博士樂觀中帶著焦慮，環視大家。「我之前想問你們玩不玩橋牌？」

「當然玩。」愛麗諾說。她心想，我玩橋牌。我曾養隻貓叫小舞。我可以游泳。

「我不會。」席爾朵拉說，其他三人轉頭看她，表情透露出明顯的失望。

「完全不會？」博士問。

「我過去十一年每週打兩次橋牌，」愛麗諾說，「和我母親、她的律師和律師太太——我相信妳一定會玩吧。」

「也許你們能教我？」席爾朵拉問。「我學遊戲很快。」

「喔，天啊。」博士說，愛麗諾和路克大笑。

「那我們可以玩別的。」愛麗諾說。她心想，我會玩橋牌，我喜歡酸奶油配蘋果派，而且我自己開車來這裡。

「雙陸棋。」博士酸溜溜說。

「我很會下西洋棋。」路克對博士說，博士馬上精神一振。

席爾朵拉抿著嘴，一臉倔強。「我以為我們不是來玩遊戲的。」她說。

「休閒活動啊。」博士含糊回了句，席爾朵拉悶悶不樂聳肩，又望著火焰。

「你告訴我棋盤在哪，我去拿。」路克說，博士聽了一笑。

「最好讓我去拿。」他說。「記得吧，我研究了這屋子的平面圖。如果我們讓你自己亂跑，可能就永遠都找不到你了。」博士關上門之後，路克好奇朝席爾朵拉望一眼，然後站到愛麗諾身旁。「妳不是在緊張吧，是嗎？那故事有嚇到妳嗎？」

愛麗諾用力搖搖頭，路克說：「妳看起來一臉蒼白。」

「我可能該上床睡覺了。」愛麗諾說。「我不習慣像今天一樣開長途車。」

「白蘭地。」路克說。「酒會讓妳睡好一點。妳也是。」他對席爾朵拉的後腦勺說。

「謝謝你。」席爾朵拉沒回頭，冷冷地說。「我很少睡不著覺。」

路克朝愛麗諾會心一笑，這時博士打開門，他轉頭望向門口。「我的想像力真是害死人。」博士放下棋組說。「這屋子好誇張。」

「發生什麼事？」愛麗諾問。

博士搖搖頭。「我們現在可能要有共識，不要獨自在屋子裡亂走。」他說。

「怎麼了？」愛麗諾問。

「都只是我的想像。」博士堅定表示。「這在這桌上玩可以嗎，路克？」

「這老棋組很漂亮。」路克說。「真不知道妹妹怎麼沒偷走。」

「這我可以跟你說，」博士說，「如果晚上真是妹妹溜進屋子，她真的非常勇敢。它有在看，」他突然補了句，「屋子有在看。它會監視你的一舉一動，」接著又說，「當然，這都是我的想像。」

在火光中，席爾朵拉表情僵硬，一臉陰沉。愛麗諾聽明想著，她喜歡有人注意，於是她想都不想，坐到席爾朵拉身旁。她聽到身後路克和博士有來有往，棋子不斷放到棋盤上，壁爐火焰滾動飛舞，一切都非常舒適。她等了一會，期待席爾朵拉開口，但後來兀自開心說道：「還是難以相信我真的在這裡。」

「我不知道會這麼無聊。」席爾朵拉說。

「我們早上會找到很多事情做。」愛麗諾說，語氣幾乎在道歉了。「我一直沒過多刺激的生活。我必須和母親住在一起。她睡著時，我習慣自己找樂子或聽電台。我晚上自己不愛看書，因為我每天下午都要為她唸兩小時的書。愛情故事——」她笑了笑，望向火焰。但明明不只如此啊。她對自己感到好吃驚，心裡想著，就算我想說，那樣也不足以描述過去的感受；我為何要說話？

「我很爛，對不對？」席爾朵拉馬上反應，她的手握住了愛麗諾的手。「我覺得無聊，結果就坐在這裡鬧脾氣。我真自私。快罵我，說我有多討厭。」火光中，她的雙眼閃爍著喜悅。

「妳好討厭。」愛麗諾乖乖說。席爾朵拉握著她的手讓她感到難為情。她不喜歡被碰，但這小小的肢體接觸似乎是席爾朵拉表達懊悔、快樂和同情的方式。愛麗諾心想，我不知道指甲乾不乾淨，並輕輕將手收回。

「我好討厭。」席爾朵拉說，心情又好了起來。「我很討厭又惡劣，大家都受不了我。好了。現在跟我說說妳的事。」

「我很討厭又惡劣，大家都受不了我。」

席爾朵拉大笑。「不要嘲笑我啦。妳很貼心又好相處，大家都非常喜歡妳。路克瘋狂愛上妳了，我很嫉妒。現在我想知道更多關於妳的事。妳真的照顧母親好幾年嗎？」

「對。」愛麗諾說。她指甲真的好髒，而且她手形狀好怪，而大家會開愛情的玩笑，是因為有時愛情很好笑。「十一年，直到三個月前她過世。」

「她過世時妳很難過嗎？我該說我很遺憾嗎？」

「不。她活得不算快樂。」

「妳也不快樂？」

「我也不快樂。」

「但現在呢？妳終於自由之後，妳有做什麼事嗎？」

「我把房子賣了。」愛麗諾說。「我妹妹和我各自拿了想要的東西，小東西。其實也沒什麼，只留下母親的小東西——像父親的錶和一些舊珠寶。一點都不像希爾山莊的姊妹。」

「妳們把其他東西都賣了？」

「全部賣了。能賣就都賣了。」

「接下來妳當然大玩特玩，玩瘋了頭，不得不來希爾山莊？」

「不完全是。」愛麗諾大笑。

「但浪費了這麼多年！妳有去搭遊輪，尋找青春洋溢的年輕男人，買新衣服……？」

「不幸的是，」愛麗諾平淡說，「我根本沒那麼多錢。我妹妹把錢都放進銀行，準備女兒的學費。為了來希爾山莊，我有買些衣服。」她心想，大家都很喜歡回答自己的事，真奇怪。我現在只想回答別的問題。

「妳回去之後要幹嘛？妳有工作嗎？」

「沒有，現在沒工作。我不知道自己要做什麼。」

「我知道我要做什麼。」席爾朵拉大大伸展身子。「我會打開公寓每一盞燈，沐浴在燈光下。」

「妳的公寓長什麼樣子？」

席爾朵拉聳聳肩。「還不錯。」她說。「我們找到一個舊公寓，自己整修。公寓有個大客廳，幾間小臥室，廚房很不錯——我們把房子漆成紅色和白色，從二手商店挖了一堆舊家具，讓屋子改頭換面——我們有張超棒的桌子，桌面是大理石。我們倆很愛改造舊東西。」

「你們結婚了嗎？」愛麗諾問。

席爾朵拉沉默一會，接著匆匆大笑說：「沒有。」

「對不起。」愛麗諾說，並非常不好意思。「我不是故意要追問。」

「妳好好笑。」席爾朵拉說著，用手指撫摸愛麗諾的臉頰。愛麗諾心想，我眼睛有皺紋，並把臉從壁爐轉開。「告訴我妳住哪裡。」席爾朵拉說。

愛麗諾一邊想，一邊低頭看著歪扭的雙手。她心想，我們明明可以請洗衣工，這不公平。我手好難看。「我有自己的小地方。」她緩緩說。「一間公寓，像你們一樣，只是我自己住。我相信比你們的小。我還在打理——一次買一樣東西，確認自己每一樣都滿意。像我有白色窗簾，然後我每週都出門，才找到適合放在壁爐兩邊的小石獅，我有隻白貓，還有很多書、唱片和照片。一切都必須和我想的一模一樣，因為只有我一個人在使用。以前我有過一個藍色杯子，杯底畫著星星。我低頭看著茶杯時，會看到杯底無數的星星。我想要那樣的杯子。」

「也許有一天，我店裡會看到這種杯子。」席爾朵拉說。「我到時候寄給妳。有天妳會收到一個小包裹，上面寫『愛麗諾的朋友席爾朵拉寄來的愛』，裡面會是一個有無數星星的杯子。」

「是我的話，我一定會把金環盤子偷走。」愛麗諾說著大笑。

「將軍。」路克說，博士大叫：「喔，天啊、天啊！」

「運氣好。」路克開心地說。「小姐妳們在壁爐旁睡著了嗎？」

「快了。」席爾朵拉說。路克從房間另一邊走來，向兩人各伸出一隻手，來拉她們起身。愛麗諾動作笨拙，差點跌倒，席爾朵拉一個動作迅速起身，伸懶腰，打呵欠。「席爾朵拉想睡覺。」她說。

「我帶大家上樓。」博士說。「明天我們真的要好好搞清楚方向。路克，你能把火熄了嗎？」

「我們要確認門窗都上鎖了嗎？」路克問。「我想達德利太太出去時有鎖好後門，但其他門呢？」

「我猜不會有人闖進來。」席爾朵拉說。「總之，陪護以前都會鎖門，結果有用嗎？」

「假如我們想逃出去呢？」愛麗諾問。

博士迅速瞄了愛麗諾一眼，然後別開目光。「我覺得沒必要鎖門。」他小聲說。

「確實不可能遭鎮民偷竊。」路克說。

「總之，」博士說，「我還要一小時多才會就寢。到我這把年紀，每天睡前都要看鐘數時間，我有帶《帕梅拉》[10]。如果你們有誰睡不著，我可以唸給你們聽。我沒遇過誰聽理查森寫的書不會睡著的。」他一面小聲說話，一面帶他們走出狹窄的走廊，穿過巨大的大廳，爬上樓梯。「我常想試著唸給小孩子聽。」他繼續說。

愛麗諾跟著席爾朵拉走上樓梯，她到現在才發現自己有多累，每一步都走得很辛苦。她又對自己耳提面命，她現在在希爾山莊了，藍色房只是一間床上有藍色床罩和藍色棉被的房間。「話說回來，」博士在她身後繼續說，「菲爾丁[11]的小說長度雖然差不多，但內容差很多，對小孩子一點用都沒有。我甚至連斯特恩[12]——」

席爾朵拉走去綠色房門口，轉身微笑。「如果妳覺得有點緊張，」她對愛麗諾說，「可以直接跑進我房間。」

10《帕梅拉》是英國作家山謬．理查森（Samuel Richardson, 1689-1761）於一七四〇年所寫的小說，內容描述年輕女子遇到富有男人誘惑，卻能保持美德，潔身自愛的故事。

11 亨利．菲爾丁（Henry Fielding, 1707-1754），英國小說家，他和山謬．理查森被視為是英國傳統小說的奠定者。

12 勞倫斯．斯特恩（Laurence Sterne, 1713-1768），英國小說家，代表作品為《項狄傳》，書中打破當時小說敘事時序傳統。

「好，」愛麗諾認真說道，「謝謝妳，晚安。」

「——當然不能唸斯摩萊特[13]。兩位小姐，路克和我往這，就在樓梯另一邊——」

「你們房間是什麼顏色？」愛麗諾情不自禁問。

「黃色。」博士訝異地說。

「粉紅色。」路克稍微動了動，略表厭惡。

「我們這邊是藍色和綠色。」席爾朵拉說。

「我會讀一會書，」博士說，「我門會開著，所以有聲音我一定能聽到。晚安。一夜好眠。」

「晚安，」路克說，「大家晚安。」

愛麗諾關上藍色房的門，心想可能希爾山莊太陰暗，太有壓迫感，讓她備感疲倦，但一切都不重要了。藍色的床柔軟得不可思議。她朦朧中心想，屋子好可怕，但在許多方面又好舒服，這真詭異——柔軟的床、漂亮的草坪、溫暖的壁爐和達德利太太的食物。她心想，還有朋友。接著她又想，我現在一個人了，可以思考他們的事。路克為何在此？但我為何在此？戀人相遇便是旅程的終點。他們全都有發現我很害怕。

她全身發抖，在床上坐起來，伸手去拉床腳的保暖被。接著她一半興奮，一半發冷，下了床，光腳悄悄越過房間，轉動鎖孔上的鑰匙鎖上門。她心想，他們不會知道我鎖門。接著她馬上回到床上。她用保暖被裹住自己，心裡卻閃過一絲害怕。她不禁看向黑暗中映著白光的窗戶，接著望向門口。她心想，我好希望自己有安眠藥。接著她又像有強迫症一樣，再次轉頭望向窗戶和門口，心裡想，門有動嗎？但我鎖好了。門有動嗎？

她下定決心，我覺得我用毛毯蓋住頭會比較安心。她躲到毯子下，咯咯笑了笑，慶幸沒人聽得到她。在城裡，她不曾將被子蓋在頭上。她心想，我今天都大老遠來了。

後來她安穩地睡著了。隔壁房的燈仍點著，席爾朵拉臉上帶著笑容也睡了。走

13 托比亞斯．斯摩萊特（Tobias Smollet, 1721-1771），蘇格蘭作家，他的作品以惡漢小說聞名，描寫粗俗卻吸引人的主角之冒險。

廊另一邊，博士在讀《帕梅拉》，他偶爾抬頭傾聽，中途有次走到門口，望向走廊，站了一分鐘，才又回來看書。樓梯上方有盞夜燈發著光，而下方黑暗的大廳像一池烏黑的湖水。路克睡著了，他床頭櫃上有個手電筒和他隨身攜帶的幸運符。他們四周，屋子漸漸沉靜下來，並稍微輕晃一下，像是顫抖。

十公里外，達德利太太醒著，她看向時鐘，想著希爾山莊，馬上閉上雙眼。希爾山莊的擁有人葛羅莉亞・桑德森女士住在離山莊五百公里外，她闔上偵探小說，打了個呵欠，伸手關燈前，想了一下自己是否記得拉上前門的鍊條鎖。席爾朵拉的朋友睡了，博士的妻子也是，還有愛麗諾的妹妹。遠處，希爾山莊上方的樹上，有隻貓頭鷹啼叫，凌晨時分，天空下起了一場綿綿細雨，水氣迷濛而陰晦。

IV

1

愛麗諾醒來，藍色房在晨雨中顯得灰暗無色。她發現自己夜裡把保暖被推掉了，最終她用正常的方式，頭枕在枕頭上就睡了。出乎意料之外，她睡到超過了八點，她覺得好諷刺，她多年來第一次睡這麼香竟是在希爾山莊。她躺在藍色的床上，看著雕有微小刻紋的昏暗天花板，睡眼惺忪地自問，「我表現得如何？我有出糗嗎？他們有嘲笑我嗎？」

她迅速回想前一晚的經過，她只記得自己（一定）很傻、滿足的像個孩子，可說十分快樂。其他人看到她如此傻氣有被逗樂嗎？她告訴自己，我說了些傻話，當然他們注意到了。今天我會收斂些，不要開口閉口都在感謝他們邀請我。

然後她完全醒來，搖搖頭，嘆口氣，如平常的每個早晨一般，告訴自己，妳真是個傻瓜寶寶。

她的房間四周都活了過來，她在希爾山莊的藍色房中，直紋窗簾在窗邊微微飄動，浴室傳來水花四濺的聲音，那一定是席爾朵拉，她醒來之後，一定想先換好衣服，打理自己。而且她一定很餓。「早安！」愛麗諾大喊，席爾朵拉抽著氣說：「早安——再給我一分鐘——我會幫妳在浴缸放水——妳餓了嗎？我餓了。」愛麗諾納悶，難道她以為不幫我留一缸水，我就不會洗澡嗎？但她隨即感到羞愧。她嚴正告訴自己，我來這裡就是為了不再想這種事。她翻下床，走到窗邊，望過門廊屋頂，看著下方寬闊的草坪，灌木叢和樹林之外全籠罩著白霧。遠方草坪邊緣有一排樹，那是通往小溪的小徑，但今早看來，他們不大可能去草地快樂野餐了。今天看來會溼一整天，但這可是夏雨，草地和樹木都化為一片深綠，空氣也變得清新甜美。愛麗諾意外心想，真迷人啊。她不知道自己是不是第一個覺得希爾山莊迷人的人，但她後來心中一涼地想，這還是第一個早晨，他們全都這麼想嗎？她打個冷顫，同時發覺自己內心有股無法解釋的興奮，害她忘記為何在希爾山莊起床感到開心會是件怪事。

「我快餓死了。」席爾朵拉敲著浴室門，愛麗諾抓起浴袍，加快動作。「打扮得像一束陽光吧。」席爾朵拉從房間說。「今天天好陰，我們要比平常更亮一點。」

愛麗諾告訴自己，小心樂極生悲，早晨若開心唱歌，入夜你恐怕會哭泣。因為她剛才一直情不自禁輕輕哼唱：「別蹉跎了大好的年華……」

「我以為我才是懶惰鬼，」席爾朵拉隔著門開心地說，「但妳比我嚴重多了。妳那已經不能用懶惰來形容了。妳要來吃早餐，一定要先打理乾淨。」

「達德利太太九點會準備好早餐。我們笑容滿面，開心現身她會怎麼想？」

「她會失望大哭吧。有人晚上尖叫著找她嗎，妳覺得？」

愛麗諾不滿意地瞪著自己抹了肥皂的腿。「我睡得像個小孩。」她說。

「我也是。如果妳三分鐘後再不好，我會進去把妳淹死。我要吃早餐。」

愛麗諾心想，我已經好久沒這樣了，例如想打扮得陽光，或這麼想吃早餐，或在意自己的身體，或想謹慎細心做好一件事。她甚至溫柔刷了牙齒，她這輩子都不記得有過這感受。她心想，這全是好好睡一覺的結果，自從母親過世，我的睡眠品質一定比我想像的還差。

「妳準備好了沒？」

「來了、來了。」愛麗諾說著跑向門口，她記得門仍鎖著，所以她輕輕解開鎖。席爾朵拉穿著花俏的格子，在陰暗的走廊發著光等她。看到席爾朵拉，愛麗諾相信席爾朵拉無論是打扮、梳洗、走動、吃飯、睡覺或說話，每一分、每一秒都樂在其中。也許席爾朵拉不曾在乎其他人怎麼看她。

「妳知道我們可能要再花一小時才能找到餐廳嗎？」席爾朵拉說。「但也許他們有留地圖給我們——妳知道路克和博士起床好幾個小時了嗎？我從窗戶旁跟他們聊了一下。」

愛麗諾心想，他們沒等我就開始交流了；明天我會早點起床，也要從窗戶和他們聊天。他們下了樓梯，席爾朵拉穿過昏暗的大廳，手自信地放到一道門上。「這裡。」結果她打開門，裡面卻是個陌生昏暗的空房間。「這裡。」愛麗諾說，但她選的門後頭是那條狹窄的走廊，那會通往前一晚他們坐在壁爐前的小客廳。

「大廳另一邊才會到餐廳。」席爾朵拉說完轉身，一臉疑惑。「搞什麼。」她頭向後一仰大叫。「路克？博士？」

她們聽到遠方有人回喊，席爾朵拉走去打開另一道門。她回頭說：「不過是吃個早餐，我還要一道道門去找，如果他們希望我待在這亂七八糟的爛屋子——」

「這道門是對的，我覺得，」愛麗諾說，「穿過這間昏暗的房間，餐廳是再過去那間。」

席爾朵拉又叫了一聲，中途撞到一個輕家具，她咒罵一聲，這時另一邊的門打開了，博士開口說：「早安。」

「亂七八糟、噁心的爛屋子。」席爾朵拉揉著膝蓋說。「早安。」

「當然，我說了妳們絕不會相信，」博士說，「但三分鐘前，這幾道門都是開著的。我們特別打開，讓妳們比較好找。妳們大叫之前，我們眼睜睜看到每道門瞬間自己關上。」

「醃魚。」路克從桌旁說。「早安。我希望妳們倆喜歡吃醃魚。」

他們度過了黑暗的一夜，迎向希爾山莊的早晨，而且他們像是一個家庭，彼此輕鬆隨意問好，並坐到昨天晚餐時各自的座位。

「達德利太太有答應會在九點準備好一頓豐盛的早餐。」路克揮著叉子說。

「我們剛才還在納悶，妳們早餐會不會習慣在床上喝杯咖啡，吃個麵包卷就好。」

「我們住其他屋子時動作就會快點。」席爾朵拉說。

「你們真的有替我們打開門嗎？」愛麗諾問。

「就是那樣，我們才知道妳們要來了。」路克跟她說。「我們親眼看到門自己關上。」

「今天我們會把每道門都打開釘死。」席爾朵拉說。「我會把這屋子逛熟，讓我百分之百能找到食物為止。我整晚睡覺都開著燈，」她向博士坦承，「但什麼都沒發生。」

「非常安靜。」博士說。

「你整個晚上都幫我們守夜嗎？」愛麗諾問。

「大概到三點，《帕梅拉》終於讓我想睡了。屋子一片寂靜，除了兩點之後外頭開始下雨。妳們有人睡到一半有大叫——」

「那一定是我。」席爾朵拉毫不忸怩地說。「我夢到在希爾山莊大門遇到邪惡的妹妹。」

「我也夢到她了。」愛麗諾說。她望向博士，突然又說：「真難為情。我是說，想到自己會害怕。」

「妳知道，我們是一起在面對。」席爾朵拉說。

「如果妳想隱瞞的話更糟。」博士說。

「先用醃魚把肚子填飽。」路克說。「接下來就什麼都感覺不到了。」

如同前一天，愛麗諾感覺到話題被巧妙帶開，沒人想談論恐懼，而她心中的恐懼卻如此明顯。也許她時不時在替所有人出聲，這時大家只要安撫她，自己便能安心，並將話題拋在腦後。也許她像一輛承載各種恐懼的車，車裡多得是恐懼，人人有份。她生氣心想，他們就像小孩子，挑戰看誰敢走第一，然後轉身指出誰落在最後。她將盤子一推，嘆了口氣。

「今晚我睡前，」席爾朵拉對博士說，「我想確定自己看過屋子的每一吋。我不要再躺在床上，納悶自己的上方和下方有什麼。我們一定要打開窗戶和門，我不要再瞎找路了。」

「可以做小標誌。」路克提議。「用箭頭，寫上『出口』。」

「或『死路』。」愛麗諾說。

「或『小心家具掉落』。」席爾朵拉說。「我們一起來做。」她對路克說。

「我們先探索屋子好了。」愛麗諾可能說得有點太急，因為席爾朵拉轉身，好奇望著她。「我不希望自己被拋下，進到閣樓或什麼的。」愛麗諾覺得不太自在。

「沒人會把妳拋下。」席爾朵拉說。

「那我建議，」路克說，「我們先把咖啡壺的咖啡喝完，然後繃緊神經，探索每一間房間，把屋子格局搞清楚，一路都把門打開，」他說著難過地搖搖頭，「我從來沒想過自己要繼承一間我不掛標示牌就認不得路的屋子。」

「我們要搞清楚房間名稱。」席爾朵拉說。「路克，假設我跟你說，我要在第二漂亮的客廳跟你私會——你怎麼知道要去哪找我？」

「妳可以一直吹口哨，直到我找到妳為止。」路克說。

席爾朵拉打了個冷顫。「你會一直聽到我吹口哨，喊你的名字，而你會一直開門，卻永遠找不到正確的門，而我會在房裡，找不到出口——」

「而且沒東西吃。」愛麗諾落井下石說。

席爾朵拉又看向她，過一會才附和道：「而且沒東西吃。」接著她說：「這就像嘉年華會的怪怪屋，」她說，「房間彼此互通，你一開門就能馬上到各處，但你一通過門就會關上，我猜某處會有一堆鏡子讓你迷失方向，風管會把裙子吹起來，還有東西會從黑暗的走道竄出，在你面前大笑——」她突然不說了，伸手拿起咖啡，動作快到咖啡灑了些出來。

「沒那麼糟，」博士輕鬆說，「其實一樓格局大概可以說是一個同心圓，中間是我們昨晚坐的小客廳，繞過去大致是一間間房——像撞球房和用玫瑰色緞布裝潢的陰沉小房間——」

「我和愛麗諾每天早上會去那刺繡。」

「——圍繞著這些房間的——我稱之為暗房，因為請記得，它們無法通往戶外，也沒有窗戶——再往外就是對外的房間，像大客廳、藏書室、溫室——」

「不行。」席爾朵拉搖頭說。「我還是搞不懂玫瑰色緞布房在哪。」

「門廊繞著整棟屋子。大客廳、溫室及一間起居室會有門能通往門廊，還有一條通道——」

「等一下、等一下。」席爾朵拉在笑，但她搖搖頭。「真是亂七八糟的爛屋子。」

餐廳角落的彈簧門打開，達德利太太站在那，一手撐著門，面無表情看著早餐桌。「我十點會來收拾。」達德利太太說。

「早安，達德利太太。」路克說。

達德利太太雙眼瞄向他。「我十點會來收拾。」她說。「盤子要放回架上。我午餐時會再拿出來。我一點會準備好午餐，但首先盤子必須放回架上。」

「當然沒問題，達德利太太。」博士起身，放下餐巾。「大家都吃飽了嗎？」他問。

在達德利太太的注視下，席爾朵拉故意舉起杯子，喝完最後的咖啡，然後用餐巾擦嘴，背向後靠。「早餐真好吃。」她說著。「盤子是這間屋子的嗎？」

「它們屬於架子上。」達德利太太說。

「玻璃杯、銀器和桌巾呢？很漂亮的古董。」

「桌巾屬於餐廳的桌巾櫃。銀器屬於銀器盒。玻璃杯屬於架上。」

「我們一定很打擾妳。」席爾朵拉說。

達德利太太不吭聲。最後她說：「我十點會來收拾。我一點會準備好午餐。」

席爾朵拉大笑起身。「好，」她說，「好、好。我們去把門都打開吧。」

他們當然先打開餐廳門，並用沉重的椅子擋住。下一間是遊戲房，席爾朵拉撞到的桌子是張鑲嵌的矮棋桌（博士氣自己說：「唉呀，我昨晚怎麼沒看到。」），房間一頭放著撲克牌桌椅，棋組放在高大的櫃子上，裡面還有槌球組和克里比奇紙牌的遊戲板。

「無憂無慮來這玩個一小時感覺會很開心。」路克說，他站在門口，看著蒼涼的房間。冰冷綠色的桌面陰森地反射在壁爐晶黑的瓷磚上。四周不免俗都是黑木壁板，即使牆上掛有許多打獵的照片，房中依舊毫無生氣，照片彷彿全是在展現各種殺死野生動物的方式。壁爐上方掛著鹿頭，牠明顯一臉困窘，俯看著他們。

「這是她們玩樂的地方。」席爾朵拉說，高聳的天花板傳來她顫抖的回音。「因為其他房間氣氛太壓迫，」她自顧自解釋，「她們會來這裡放鬆心情。」鹿頭向下憂傷看著她。「我是說那兩個小女孩，」她說，「可以拜託把鹿頭拿下嗎？」

「我覺得牠喜歡上妳了。」路克說。「妳進來之後，牠目光一直停在妳身上。我們走吧。」

他們將門擋住便離開，進到大廳，房中的光雖然照來，但大廳依舊十分灰暗。「找到有窗的房間時，」博士說，「我們把窗打開，在那之前，我們先打開前門吧。」

「妳一直想著小孩的事，」愛麗諾對席爾朵拉說，「但我忘不了的是寂寞的陪護，她一人穿梭房間，好奇這棟屋子裡還有誰。」

路克將巨大的前門打開，搬了大花瓶來擋住門。他充滿感激地說：「新鮮空氣。」雨水和潮溼草地的溫暖氣味吹入大廳，一時間，他們站在門口，呼吸著希爾山莊外頭的空氣。這時博士說：「這你們都沒料到吧。」他走到高大的前門旁，打開一道小門，並笑著向後退開。他說：「藏書室是在塔裡。」

「我不能進去。」愛麗諾說，她自己也吃了一驚，但她不想進去。她向後退開，已經受不了迎面撲來的霉味和土味。「我母親——」她不知道自己想告訴他們什麼，全身靠到牆上。

「真的假的？」博士好奇看著她。「席爾朵拉？」席爾朵拉聳聳肩，走進藏書室。愛麗諾打了個寒顫。「路克？」博士說，但路克已經在裡面了。愛麗諾在原地只看得到藏書室弧形的牆，有個狹窄的螺旋鐵梯能向上爬，並能一直爬到塔頂。愛麗諾閉上雙眼，聽著遠方博士的聲音，迴蕩在藏書室的石牆間。

「你們有看到陰影中有道小活門嗎？」他問。「活門會通往一個小陽台，當然那道活門前就是大家覺得她上吊自殺的地方——你們記得吧？就是那個女孩。當然那是最適合的地方，我覺得比起放書，確實更適合自殺。她一定是把繩子綁在鐵欄杆上，然後縱身——」

「謝謝你。」席爾朵拉從裡頭說。「我可以清楚想像，謝謝你。我的話，可能會將繩子綁在遊戲房的鹿頭上，但我想她心繫這座塔，『心繫』這詞特別適合，你們不覺得嗎？」

「真不賴。」路克的聲音傳來，他聲音很響亮。他們慢慢走出藏書室，回到大廳，愛麗諾這裡。「我想我會把這裡改成夜間俱樂部。我會讓樂團在陽台上演奏，舞女會從螺旋鐵梯走下來，酒吧會在——」

「愛麗諾，」席爾朵拉說，「妳還好嗎？那裡面超可怕，妳沒進去是對的。」

愛麗諾站得離牆很遠，她雙手冰冷，好想大哭，但她轉身背對藏書室門口，博士用一疊書將門卡住。「我覺得我在這裡不會想看書。」愛麗諾想故作輕鬆。「如果書聞起來都跟藏書室一樣的話。」

「我沒注意到有味道。」博士說。他望向路克，眼中帶著疑問，路克搖搖頭。「怪事，」博士繼續說，「這正是我們想要的。親愛的，把它寫到筆記裡，試著確切形容那味道。」

席爾朵拉一臉困惑。她站在走廊，轉身看著樓梯，接著又轉向前門。「有兩個前門嗎？」她問。「還是我搞混了？」

博士開心笑了，他顯然一直在期待這個問題。「這是唯一的前門。」他說。「這是你們昨天進來的那道門。」

席爾朵拉皺起眉頭。「那為什麼愛麗諾和我從臥室看不到高塔？我們的房間面對屋子前方，可是——」

博士拍手大笑。「終於啊。」他說。「聰明的席爾朵拉。這就是我希望你們白天參觀屋子的原因。來，坐到樓梯上，我跟你們說。」

他們乖乖坐到樓梯上，抬頭看著博士，他又擺出教課的站姿，正式開口：「希爾山莊其中一項特殊之處是在設計——」

「嘉年華的怪怪屋。」

「沒錯。這裡的路非常難搞清楚，你們不納悶嗎？正常的屋子不會讓我們四個人迷糊這麼久，但我們一次次選錯門，我們要去的房間好像在躲我們。就連我都會搞錯。」他嘆了口氣，點點頭，並繼續說：「我敢說修伊．克雷恩期待有天希爾山莊能成為景點，像加州溫徹斯特神祕屋或許多八角形屋子一樣。記得，希爾山莊是他親手設計，我之前也說過，他是個怪人。屋子每個角度——」博士比向門口。「每個角度都有點偏差。修伊．克雷恩蓋房子時，全照自己的想法，所以他一定很討厭別人，以及他們方正平凡的房子。你會以為屋子的角度很正常，每個方位都很準確，但其實或多或少都有偏差。例如我相信你們會覺得現在坐著的樓梯是平的，因為你們不會想到樓梯會不平——」

他們不安地動了動，席爾朵拉抓住扶手，彷彿覺得自己要跌倒了。

「樓梯其實有一點向中央軸線傾斜——順道一提，這可能是門只要沒擋住，都會自動關上的原因。我在想，今早兩位小姐腳步一震，可能破壞了門不動的平衡。當然，這些微小的偏差最後加總起來，讓整間屋子呈現巨大的扭曲。席爾朵拉從臥室窗外看不到高塔，是因為高塔其實是在山莊角落。所以從席爾朵拉房間向外看的話，根本看不到高塔，但從這裡看來，高塔彷彿正對她房間。席爾朵拉的房間窗戶其實在左邊，離我們這裡四公尺半。」

席爾朵拉雙手一攤，十分無助。「天啊。」她說。

「我懂了。」愛麗諾說。「門廊屋頂害我們誤會了。我窗外看得到門廊屋頂，因為我走進屋子，走上樓梯，我就以為前門就在正下方，但其實——」

「妳看到的，就只是門廊屋頂。」博士說。「前門其實在另一頭，育兒房看得到前門和塔。育兒房是走廊最後面的大房間。今天晚點會參觀到。」他的語氣哀傷了起來。「這是感官誤導建築物的傑作。香波爾城堡的雙螺旋梯[14]——」

「所以所有東西都稍微偏離中心？」席爾朵拉問，語氣不太確定。「這就是一切感覺不連貫的原因？」

「回到真正的房子會發生什麼事？」愛麗諾問。「我是說——一間、嗯——真正的房子？」

「一定會像走下船時的感覺。」路克說。「在這待過一陣子，妳的平衡感會扭曲，身體會像適應海上環境一樣，適應了希爾山莊，回到現實後需要一點時間恢復。」他問博士：「大家覺得有靈異現象，會不會其實只是因為住這裡的人失去平衡？內耳失衡。」他向席爾朵拉解釋，一副頭頭是道的模樣。

「這一定多少會有影響。」博士說，「我們習慣盲目相信個人的平衡和理性，當一切偏移時，腦袋可能會不顧眼前的證據，瘋狂捍衛熟悉且穩定的規律。」他轉過身。「我們還會再看到更嘆為觀止的事。」他們小心翼翼地從樓梯下來，感受著

14 法國的香波爾城堡是文藝復興式的建築，也是羅亞爾河流域城堡群中最大的城堡。

地面，跟上博士。他們穿過狹窄的走廊，來到昨晚的小客廳，他們將門卡好，走到外圍的房間。房間向外望就是門廊。他們將沉重的窗簾拉開，戶外的光線照入希爾山莊。接著他們經過音樂房，房間另一端立著一座莊嚴的豎琴，琴弦並未因為他們的腳步震動而響起。房中還有一座緊蓋著的巨大鋼琴，上方放了個燭台，蠟燭都不曾點燃過。大理石面的桌子上有個玻璃罩住的蠟梅，椅子木條像樹枝般細，並鍍了金。再過去便是溫室，透過高大的玻璃門，他們看到外頭的雨不斷下著，蕨類植物在潮溼的環境四處生長，甚至出現在藤編家具四周。溫室溼得令人渾身不適，他們馬上離開。接著他們穿過一道拱門，進到一間大客廳，並站在原地，一臉驚愕，不敢置信。

「不是吧。」席爾朵拉無力地說，並大笑起來。「我不敢相信有這個。」她搖搖頭。「愛麗諾，妳看到了嗎？」

「居然……？」愛麗諾也不禁說道。

「我覺得你們看到會很高興。」博士得意地說。

客廳一端有個大理石雕刻作品，在紫紅色條紋和花朵圖案的地毯襯托之下，大理石雕像顯得巨大而怪異，而且全白之下，感覺更為裸露。愛麗諾遮住雙眼，席爾朵拉拉著她。「我想這個作品是想表達維納斯從海浪中升起。」博士說。

「完全不是。」路克終於找回了聲音。「這是在表達聖方齊各治療痲瘋病人。」

「不對、不對。」愛麗諾說。「其中一隻是火龍。」

「都不是。」席爾朵拉不留情地說。「你們這群傻瓜，這是家族雕像，組合式的風格。任誰一眼都看得出來。中間那個人物，高大，沒有披衣——老天！——很有男子氣慨的，那是修伊．克雷恩，他建好了希爾山莊，所以在肯定自己，他兩邊隨侍的兩個精靈是他女兒。右邊像在揮舞玉米穗的，其實是代表她的訴訟，底端那個小人是陪護，而另一邊那個——

「達德利太太，生無可戀。」路克說。

「他們腳下像草的東西，真應該當餐廳地毯，比較長一點。有人有注意餐廳地毯嗎？那地毯感覺像乾草原一樣，腳踝都會被搔得癢癢的。背景像蘋果樹延伸的那玩意兒，那是——」

「當然是在象徵保護著山莊。」蒙塔古博士說。

「我怕它會壓到我們身上。」愛麗諾說。「這房子這麼不平衡，博士，會不會倒啊？」

「我在書上讀到，這雕像是精心打造，花一大筆錢，目的就是從這位置抵消地面不穩的問題。總之山莊建造好時，這雕像就在了，至今完好如初。修伊．克雷恩可能很欣賞這件作品，甚至覺得很美。」

「他也可能用這雕像來嚇小孩。」席爾朵拉說。「要是沒這雕像，這客廳多美。」她轉身擺動。「這裡可以是舞池，」她說，「讓小姐們穿圓裙跳舞，空間夠讓大家一起跳鄉村舞了。修伊．克雷恩，你願意跟我跳支舞嗎？」她朝雕像行屈膝禮。

「我相信他會接受。」愛麗諾說著情不自禁退了一步。

「別讓他踩到妳腳趾。」博士說著大笑。「記得唐璜的下場[15]。」

席爾朵拉怯生生的，以一根手指碰了雕像伸出的手指。「大理石像每次都會讓人嚇到，」她說，「摸起來感覺總是和預期不一樣。雕像和真人一樣大時，幾乎就像個真人了，你會期待摸到皮膚的感覺。」接著她再次轉身，在昏暗的客廳中搖擺，獨自跳著華爾滋，並轉身向雕像行禮。

「客廳那端，」博士對愛麗諾和路克說，「窗簾後面有門能通往門廊，席爾朵拉跳舞跳熱了，可以直接去戶外，比較涼爽。」他越過客廳，拉開沉重的藍色窗簾，打開門。又一次，溫暖的雨水氣味隨一陣風撲面而來，彷彿有人向雕像吹了口氣，光線照亮了彩色的牆面。

「這屋子沒有東西會動，」愛麗諾說，「但你別開頭，眼角就會察覺到一些動靜。像架子上的小雕像，我們全背對它們時，它們會和席爾朵拉一起跳舞。」

「我會動啊，」席爾朵拉說著繞圈朝他們而來。

「玻璃中的花朵。」路克說。「還有流蘇。我開始喜歡這山莊了。」

席爾朵拉拉了一下愛麗諾的頭髮。「我們來比誰比較快到門廊。」她說著就朝門口跑去。愛麗諾來不及遲疑或思考，跟了過去。她們跑到門廊上，愛麗諾邊跑邊

15 唐璜是西班牙家喻戶曉的傳說人物，相貌英俊，個性風流。他曾誘惑一名貴族少女，並殺死她的父親崗薩羅。後來唐璜在墓園中看到崗薩羅的石像。雖然石像說話時，他大吃一驚，卻仍大膽邀請了石像回家吃飯。化為石像幽靈的崗薩羅最後要求和唐璜握手，唐璜伸出手後，崗薩羅便將他拖入地獄。

笑，她隨門廊轉個彎，發現席爾朵拉已進到另一道門中，她停下來，在原地喘氣。她們已來到廚房，達德利太太從水槽轉身，無聲看著她們。

「達德利太太，」席爾朵拉有禮地說，「我們剛才在探索這屋子。」

達德利太太目光移向火爐上方，瞄一眼櫥架上的鐘。「現在是十一點半。」她說。「我——」

「——一點會準備好午餐。」席爾朵拉說。「可以的話，我們想參觀一下廚房。我們已看過一樓其他房間了。」

達德利太太動也不動一會，然後頭微點，似乎默許了。她轉身，刻意越過廚房，走到另一道門前。她打開門時，她們看到門後有個樓梯。接著達德利太太轉身關上門，走上樓梯。席爾朵拉從門口探出來，等一會才說：「我懷疑達德利太太對我特別好，我真的這麼覺得。」

「我想她是去高塔上上吊自殺了。」愛麗諾說。「我們既然都來了，來看午餐吃什麼。」

「別亂碰。」席爾朵拉說。「妳明明就知道，盤子要放架上。妳覺得達德利太太真的打算為我們做舒芙蕾嗎?這裡有舒芙蕾盅，還有蛋跟乳酪——」

「這間廚房不錯。」愛麗諾說。「我媽家裡，廚房又黑又窄，在那裡煮的食物沒賣相，也沒味道。」

「妳自己家的廚房呢?」席爾朵拉隨口問。「妳自己的小公寓?愛麗諾，妳看那道門。」

「我不會做舒芙蕾。」愛麗諾說。

「看，愛麗諾。那裡有道門能去門廊，另一道門打開有樓梯下樓——我想是到地窖——這裡又有另一道門到門廊，還有一道門通往她上樓的樓梯，那裡還有一道門——」

「又是到門廊。」愛麗諾打開門說。「三道門都是從廚房到門廊。」

「從那道門穿過食品儲藏室，就可以去餐廳。我們的達德利太太特別喜歡門，對不對?」她們目光相交。「她想的話，可以從四面八方快速離開。」

愛麗諾突然轉身，走到門廊上。「不知道她是不是有請達德利多開了幾道門。我在想她怎麼會喜歡在這種廚房工作。畢竟她只要背對門，門就可能神不知、鬼不覺地打開。其實我也在想，到底達德利太太在廚房最常遇到誰？因為她希望對方不管從哪個方向來，她都能找到逃生路線。我還在想——」

「別說了。」席爾朵拉親切地說。「大家都知道，廚師太緊張會做不出好吃的舒芙蕾，而且她可能在樓梯上偷聽。我們選一道她廚房的門，用東西擋住。」

路克和博士站在門廊，遠眺著草坪。屋子再過去，前門莫名關上了。屋子後面，高大的山丘聳立在雨中，晦暗無聲。愛麗諾在門廊漫步，心想她從來沒見過門廊繞一整圈的屋子。她心想，這就像緊緊繫著皮帶一樣。如果門廊鬆開，屋子會散落一地嗎？她走著走著，還在想自己應該已繞屋外一大圈時，她看到了高塔。她剛才不過轉個彎，高塔突然毫無預警出現在她面前。高塔是以灰石打造，顯得異常穩固。高塔緊緊倚靠屋子的木牆，並讓固執的門廊將它們繫緊。她心想，真醜，接著又想到，如果屋子有天燒毀，灰暗森嚴的高塔仍會矗立在殘骸中，警告大家不要接近希爾山莊，也許牆面會有幾處崩落，貓頭鷹和蝙蝠會飛進飛出，在下方的書本上築巢。高塔中間開了幾道窗，石牆上有著細長的斜口，她好奇從窗戶向下望是什麼樣子，又想到自己不敢進高塔。她心想，我永遠不可能從那些窗戶向下看了。她試著想像裡面螺旋向上的狹窄鐵梯。高塔的木屋頂呈圓椎形，頂端則有木製尖塔。高塔若建在其他屋子都很可笑，但在希爾山莊，它顯得恰如其分，讓人欣然接受。也許它一直在等待一個不重要的人，悄悄從小窗爬上屋頂，走到尖塔頂端，綁好繩索——

「妳會摔下去喔。」路克說，愛麗諾大抽口氣，使勁將視線擺正，這才發現自己剛才手緊抓著門廊欄杆，全身向後仰。「在我美麗的希爾山莊別相信自己的平衡感。」路克說，愛麗諾大口呼吸，頭暈目眩，站都站不穩了。路克趕緊過來扶住她，而愛麗諾則努力站穩腳步，她的世界不斷搖晃，樹林和草坪彷彿都已傾斜，天空旋轉擺動。

「愛麗諾？」席爾朵拉的聲音從附近傳來，她聽到博士跑過門廊的腳步聲。「這可惡的屋子。」路克說。「每分每秒都要小心。」

「愛麗諾？」博士說。

「我沒事。」愛麗諾說，她搖搖頭，並搖搖晃晃地站穩。「我剛才向後仰，去看塔頂，結果頭暈了。」

「我抓住她時，她身子都快打橫了。」路克說。

「我今早有過一、兩次這種感覺，」席爾朵拉說，「好像走到牆上一樣。」

「讓她進屋子裡吧。」博士說。「到屋子裡面就好多了。」

「我真的沒事。」愛麗諾非常難為情，她沿著門廊，一步步踏穩向前，前門關起來了。「我以為我們有把門開著。」她聲音有點顫抖，博士經過她身邊，再次推開沉重的大門。大廳回復成原本的模樣，他們所有撐開的門都已關緊。博士打開門，進到遊戲房，他們發現餐廳門也已關起，他們用來撐門的小凳子，再次回到牆邊放好。小客廳和大客廳，起居室和溫室，門窗都已緊閉，窗簾也全拉上，室內再次一片黑暗。

「一定是達德利太太。」席爾朵拉說，她跟著博士和路克，他們快速穿梭在房中，再次將門推開，用東西擋住，並將窗簾拉開，讓溫暖潮溼的空氣進來。「達德利太太昨天也這樣，我和愛麗諾一走遠，她就把門關了，因為她寧可自己先把門關了，也不想事後發現門會自己關上，因為門必須關、窗必須關、盤子必須放——」

她開始傻傻笑了，博士轉身，皺著眉頭，一臉惱怒。

「達德利太太最好要懂得分寸。」他說。「必要的話，我會把門釘死。」他走到走廊，進到他們的小客廳，把門砰地一聲打開。「發脾氣也沒用。」他說著又朝門狠狠踹一腳。

「午餐前來小客廳喝杯雪莉酒吧。」路克溫和說。「小姐們，請進。」

2

「達德利太太，」博士放下叉子說，「舒芙蕾非常美味。」

達德利太太轉頭短暫看了他一眼，拿著空盤進廚房了。

博士嘆了口氣，動了動肩膀，感覺十分疲倦。「昨晚守夜之後，我覺得下午需要休息一下，妳，」他對愛麗諾說，「可能也要躺個一小時。也許下午固定休息一下，對我們所有人都好。」

「了解。」席爾朵拉覺得好笑。「我一定要午睡就是了。等我回家之後，這習慣應該會變得很好笑，但我永遠都能跟大家說，這是我在希爾山莊的行程。」

「也許我們晚上會睡不著。」博士說，桌旁每個人都感到一股寒意，銀器和鮮豔的瓷器都蒙上一層陰影，如一小朵烏雲籠罩餐廳，而達德利太太隨之回來了。

「再五分鐘兩點。」達德利太太說。

3

雖然愛麗諾想睡，但她下午沒睡著。她躺在席爾朵拉綠色房的床上，看席爾朵拉替她塗指甲油，懶洋洋聊著天，並試著不讓自己去想，自己跟著席爾朵拉進綠色房是因為她不敢一個人。

「我喜歡打理自己。」席爾朵拉說，她專注看著自己的手。「我喜歡幫自己全身上妝。」

愛麗諾動了動身子，十分舒適。「塗金色吧。」她隨口亂提議。她眼睛已半閉，席爾朵拉在她眼中只像地上一團顏色。

「指甲油、香水和沐浴鹽。」席爾朵拉說著，彷彿在細數尼羅河畔的城市。

「睫毛膏。愛麗諾，妳都沒在想這些。」

愛麗諾大笑，完全閉上雙眼。「沒時間。」她說。

「好，」席爾朵拉下定決心，「等我弄完，妳會煥然一新。我不喜歡跟沒顏色的女人相處。」她大笑表示自己只是在說笑，然後繼續說：「我要把妳的腳趾甲塗成紅色。」

愛麗諾也大笑，並伸出她赤裸裸的腳。過一會，她快睡著時，感到冰涼的筆刷滑過腳趾，她全身顫抖。

「像妳這種交際花一定習慣僕人服侍了。」席爾朵拉說。「妳的腳好髒。」

愛麗諾心一驚，坐起來看。她腳確實髒了，腳趾甲已變成紅色。「好噁心，」她對席爾朵拉說，「好邪惡。」她好想哭。這時她看到席爾朵拉的表情，不由自主大笑起來。「我去洗腳。」她說。

「什麼毛病。」席爾朵拉坐在床旁的地上，瞪大眼睛。「看，」她說，「我腳也髒啊，寶貝，真的。看。」

「總之，」愛麗諾說，「我不喜歡在身上塗抹東西。」

「妳是我見過最瘋的人。」席爾朵拉高興地說。

「我不喜歡被擺布。」愛麗諾說。「我母親——」

「妳母親看到妳趾甲塗成紅色一定會很開心。」席爾朵拉說。「看起來很好看。」愛麗諾又看了一次她的雙腳。「很邪惡。」她自顧自地說。「我是說——在我腳上很邪惡。我覺得自己看起來像個笨蛋。」

「妳把笨蛋和邪惡搞混了。」席爾朵拉開始收拾器具。「總之，我不會洗掉，我們先去問路克和博士怎麼看。」

「不管我說什麼，妳都會讓我聽起來很蠢。」愛麗諾說。

「或很邪惡。」席爾朵拉認真抬頭看她。「我有個感覺，」她說，「妳應該回家，愛麗諾。」

她在笑我嗎？愛麗諾心想，她覺得我不適合留下來嗎？「我不想走。」她說完，席爾朵拉又馬上看她一眼，隨即別開目光，並輕輕摸了摸愛麗諾的腳趾。「乾了。」她說。「我是白痴。我只是剛才有點嚇到。」她起身伸展。「我們去找其他人。」席爾朵拉說。

4

路克在樓上走廊，疲倦地靠著牆，頭靠著一幅遺跡版畫的金框上。「我現在一直在想，這屋子是我未來的財產，這是我之前都沒想過的。我不斷告訴自己這一切有朝一日會屬於我，而我一直問自己為什麼。」他比著走廊。「如果我愛門，」他說，「愛鍍金大鐘或微型肖像畫；如果我希望擁有土耳其風的個人小窩，我有可能會覺得希爾山莊是個美麗的仙境。」

「這是棟很漂亮的房子。」博士堅定地說。「建造當時，大家一定都覺得這裡華麗優雅。」他走向走廊尾端，到原本是育兒房的大房間。「好，」他說，「我們應該能從窗戶看到高塔——」他穿過門時身體發抖。這時他轉身，好奇望向大家。「剛才門邊是不是有股冷風？」

「冷風？希爾山莊裡？」席爾朵拉大笑。「除非你能讓門窗一直開著才有可能。」

「那一次一個人走過來。」博士說，席爾朵拉走向前，她穿過門時，表情糾結了一下。

「像走進墓裡一樣，」她說，「但裡面很溫暖。」

路克上前，在冰冷處猶豫一下，然後快步離開，愛麗諾跟上他，就在一步之間，她感到一股不可思議的刺骨寒意，而下一步寒意就消失了。她心想，這感覺像走過一道冰牆一樣，並問博士：「這是什麼？」

博士雙手開心地拍在一起。「小夥子，去別處找你的土耳其風小窩吧。」他說著伸出手，小心停留在冰冷處。「他們無法解釋。」他說。「就像席爾朵拉所說，這是墳墓才有的特質。博爾利教區長館[16]最冰冷的地方只降到十一度。」他得意地繼續說：「這裡我覺得冷多了。這是屋子的心臟。」

席爾朵拉和愛麗諾靠近彼此，雖然育兒房內很溫暖，充滿霉味，空氣沉悶，但門口的寒意卻觸手可及，像是一道離開時清楚可見的障礙。窗戶外頭，高塔灰色的石牆近在咫尺，房裡陰暗，牆上畫著動物圖案，卻莫名一點也不令人開心，牠們彷彿被困在牆裡，或類似遊戲房狩獵畫中的死鹿。育兒房比其他臥室大，而且有一種已被遺忘的感覺，希爾山莊其他地方都沒這種感受，愛麗諾腦中閃過一個念頭，達德利太太如此勤奮打掃，若非必要，就連她也不願越過那道冰冷的障礙。

路克向後退，穿過冰冷處，檢查著走廊地毯和牆壁，並拍了拍各處表面，好像希望能找出那股詭異寒意的來源。「不可能是冷風。」他抬頭望向博士。「除非他們的通風口直通北極。總之，這裡每一處都很結實。」

「我好奇的是，誰會在育兒房過夜？」博士沒來由地說著。「孩子都走了之後，你覺得他們有把這裡封起來嗎？」

「看。」路克指著說。育兒房門上方，走廊的兩邊角落，有兩顆笑容滿面的人頭，顯然是想讓育兒房入口活潑一點，但它們不比裡頭的動物圖案開心或愉快。兩張臉永遠帶著歪斜的笑容，目光交會在走廊極為冰冷的中心。「你站在他們看著你的地方，」路克解釋，「他們會把你凍結。」

博士好奇走到走廊，來到他身旁抬起頭。「別留我們在裡頭。」席爾朵拉說著拉著愛麗諾跑出育兒房。愛麗諾穿過冰冷處時，那感覺像是一巴掌，或近距離冰涼

16 博爾利教區長館位於英國艾塞克斯郡，建於一八六二年，被譽為英國鬼屋之首。

的一口氣。「冰啤酒的好地方。」她說著朝上頭的笑臉吐舌頭。

「我一定要完整描述這件事。」博士開心地說。

「感覺不像是客觀的冰冷。」愛麗諾說完有點心虛，因為她不確定自己的意思。「我感覺很故意，好像有東西想嚇我一下。」

「我想是因為那兩顆頭。」博士說完四肢著地，感受著地板。「捲尺和溫度計，」他對自己說，「用粉筆來標出輪廓，也許寒意晚上會變強？」他看著愛麗諾說：「如果妳覺得有東西在看妳，感覺就更糟了。」

路克發抖著穿過冰冷處，並帶上育兒房門。他像用跳的，跳回大家身旁，彷彿他覺得自己不碰到地板便能躲過冰冷。育兒房一關，他們馬上發現四周變暗許多，席爾朵拉焦躁地說：「我們下樓去小客廳吧，我感覺山丘要壓下來了。」

「五點多了，」路克說，「雞尾酒時間。」他對博士說：「我想你今晚也希望我再幫你調酒？」

「苦艾酒加少點。」博士隨著大家離開，他猶豫了一會，回頭看向育兒房。

5

「我提議，」博士放好餐巾說，「我們在小客廳喝杯咖啡。我覺得壁爐的火很舒服。」

席爾朵拉咯咯一笑。「達德利太太走了，所以我們快去各處，把所有門窗都打開，把所有東西都從架子上拿下來——」

「她不在屋裡感覺不大一樣。」愛麗諾說。

「更空了。」路克看著她，點點頭。他將咖啡杯放上托盤，博士已開始著手，固執地卡住門。「每天晚上我都會忽然想到，屋裡只有我們四個。」

「雖然達德利太太不適合作伴，但真的很好笑，」愛麗諾看著晚餐桌，「我跟你們一樣討厭達德利太太，但我把桌子弄成這樣，我母親絕不會讓我離開餐桌，放到明早再收拾。」

「如果她想天黑前離開，她就得在早上清理。」席爾朵拉對這話題毫無興趣。「我絕對不要收。」

「留下一桌亂七八糟也不大好。」

「反正妳不可能把盤子放到正確的架子上，她為了把妳的指紋擦掉，大概又必須重洗一次。」

「那如果我只是把銀器拿去泡——」

「不行。」席爾朵拉抓住她的手說。「妳想一個人去廚房，面對全部的門嗎？」

「不要。」愛麗諾放下剛才收起的叉子。「我覺得不要，真的。」她猶豫不安地看著桌面，餐巾皺巴巴扔在一旁，路克桌前還滴了幾滴江酒，她搖搖頭。「但我不知道我母親會說什麼。」

「來吧。」席爾朵拉說。「他們有替我們留燈。」

小客廳的壁爐十分明亮，席爾朵拉坐到咖啡托盤旁，路克從櫥櫃拿出白蘭地，他昨天小心把酒收在那裡。「我們一定要盡情找些樂子。我今晚再跟你下一盤棋，博士。」

晚餐之後，他們把樓下房間舒服的椅子和檯燈全搬來，現在小客廳是全屋子最舒服的地方了。「希爾山莊其實對我們非常好。」席爾朵拉說著將咖啡端給愛麗諾，愛麗諾坐到布滿枕頭、十分柔軟的椅子上，心中無比感激。「愛麗諾不用洗碗，晚上舒適又有朋友陪伴，也許明天太陽會再次露面。」

「我們一定要計畫野餐。」愛麗諾說。

「我在希爾山莊會變得又胖又懶。」席爾朵拉繼續說。她一直堅持提到「希爾山莊」，這點讓愛麗諾很不舒服。她心想，她好像故意說出口，告訴屋子她知道它的名字，讓屋子知道我們在哪。是虛張聲勢嗎？「希爾山莊、希爾山莊、希爾山莊。」席爾朵拉柔聲說，並從對面朝愛麗諾微笑。

「告訴我，」路克有禮地對席爾朵拉說，「既然妳是公主，告訴我妳國家目前的政治狀態。」

「非常動蕩不安。」席爾朵拉說。「我會逃走是因為我的父親，當然他是國王，他強迫我嫁給布萊克．麥可，這人長年覬覦著王位。我當然無法忍受布萊克．麥可，我連他的臉都不想見到，他會戴金耳環，還會用馬鞭打馬夫。」

「國家動蕩不安，」路克說，「妳怎麼逃出來的？」

「我駕著乾草車，假裝成牧場女工。他們從來沒想到要去那裡找我，我用在伐木工小屋偽造的文件，闖出了邊境。」

「布萊克．麥可現在當然靠著政變，奪下國家了吧？」

「絕對是這樣。他奪去沒關係。」

愛麗諾心想，這感覺像在等牙醫一樣，她將咖啡杯捧在面前望著他們。在牙醫診所等待時，她會聽其他客人開些壯膽的玩笑，人人遲早都得看牙醫。她突然抬頭，注意到身旁的博士，露出猶豫的笑容。

「緊張嗎？」博士問，愛麗諾點點頭。

「單純是因為我不知道接下來會發生什麼事。」她說。

「我也是。」博士搬了張椅子，坐到她旁邊。「妳有預感覺得——不管為何——有事情會發生嗎？」

「對。所有事物感覺都在等待。」

「而他們——」博士朝席爾朵拉和路克點點頭，他們正對著彼此說說笑笑。

「他們會以他們的方式感受。我不知道這會對我們所有人造成什麼影響。一個月前，我們四個一起坐在這屋子裡的事，其實還根本不可能發生。」愛麗諾發現，他沒有說出這地方的名字。「我一直在等待，等好久了。」他說。

「你覺得我們留下來是對的嗎？」

「對？」他說。「我覺得我們留下來蠢到不可思議。我覺得在這種氣氛下，我們會看到所有人的缺點、錯誤和弱點，不消幾天，我們就會分崩離析。我們唯一的抵抗方式是逃走。至少它無法跟著我們，對不對？我們自覺危險時，我們可以像來的時候一樣，馬上離開。而且……」他淡淡補了一句。「最好儘快。」

「但我們有事先收到警告。」愛麗諾說。「而且我們現在四個人在一起。」

「我已經跟路克和席爾朵拉提過了。」他說。「一定要答應我，如果妳覺得這屋子想抓住妳，妳一定要儘快離開。」

「我答應你。」愛麗諾笑著說。她對此心懷感激，並心想，他努力想讓我提起勇氣。「但我沒問題，」她告訴他，「真的，沒問題。」

「如果必要的話，」他起身說，「我會毫不猶豫把你們送回家。路克？」他說。「兩位小姐不好意思，讓我們兩個離開一下？」

他們放好棋盤和棋子，席爾朵拉拿著杯子在房中漫步，愛麗諾心想，她像動物一樣，動作緊張，處處提防。只要空氣中有一絲擾動，她便無法坐著不動。我們所有人都很不安。「過來陪我坐。」她說，席爾朵拉走來，動作優雅，繞一圈後，她找到一個休息位置。她坐到博士留下的椅子上，頭疲倦地向後靠，愛麗諾心想，她多美啊，不費吹灰之力，如此幸運地美。「妳累了嗎？」

席爾朵拉轉頭微笑。「我再也忍不住了。」

「我才在想妳看起來多放鬆。」

「我才在想——什麼時候？前天嗎？——我怎麼會離開家，來到這裡。我可能想家了吧。」

「已經想家了？」

「妳有想過自己會想家嗎？如果妳家是希爾山莊，妳會想家嗎？那兩個小女孩被帶走時，會哭著想念她們黑暗莊嚴的房子嗎？」

「我從來沒離家過，」愛麗諾小心地說，「所以我想我從來沒想過家。」

「現在呢？想念妳的小公寓嗎？」

「也許吧。」愛麗諾望著火焰說。「我公寓住得不久，還不覺得是自己的。」

「我想念我自己的床。」席爾朵拉說，愛麗諾心想，她又不開心了。她飢餓、疲倦或無聊時會變得像小寶寶一樣。「我好睏。」席爾朵拉說。

「十一點多了。」愛麗諾說，她轉身去看棋局，博士得意大喊，路克大笑。

「你瞧瞧，」博士說，「這下你瞧瞧。」

「不得不說，我輸得心服口服。」路克說。他將棋子放回盒子裡。「這下我還有什麼理由不喝點白蘭地再上樓？讓自己好睡、壯壯膽子之類的。其實——」他望向席爾朵拉和愛麗諾。「我打算熬夜讀一會書。」

「你還在讀《帕梅拉》嗎？」愛麗諾問博士。

「第二部。我還有三集，然後我想我會開始讀《克萊莉莎・哈洛》[17]。也許路克想借——」

「不用，謝謝。」路克趕緊說。「我有一行李箱的懸疑小說。」

17 《克萊莉莎・哈洛》為山謬・理查森一七四八年出版的小說。講述一名女子追求美德，卻不斷受挫的故事。

博士環視四周。「我看看，」他說，「壁爐關了、燈關了。門讓達德利太太早上來關。」

他們跟隨彼此，疲倦地爬上巨大的樓梯，並沿路一一關上燈。「對了，大家都有帶手電筒嗎？」博士問，他們點點頭，他們現在一心只想睡覺，渾然不覺身後一波波黑暗的浪潮，從希爾山莊的樓梯朝他們湧來。

「晚安，大家。」愛麗諾說，並打開藍色房門。

「晚安。」路克說。

「晚安。」席爾朵拉說。

「晚安。」博士說。「睡個好覺。」

6

「來了，媽媽，來了。」愛麗諾說，她摸索著電燈開關。「沒事了，我來了。」愛麗諾，她聽到有人說，愛麗諾。「來了、來了，」她煩躁地大叫，「等我一下，我來了。」

「愛麗諾？」

她心裡重重一驚，從床上一翻，轉醒過來，全身發冷顫抖，心裡想著：我人在希爾山莊。

「幹嘛？」她大叫。「什麼事？席爾朵拉？」

「愛麗諾？這裡。」

「來了。」沒時間開燈了。她將一張桌子踢開，有個聲音讓她猶豫了一下，接著她在浴室門摸索好一會才打開門。她心想，剛才那應該不是桌子倒下的聲音，是我母親在敲牆吧。幸好席爾朵拉的房間開著燈，席爾朵拉坐在床上，她頭髮糾結，雙眼睜大，已然嚇醒。愛麗諾心想，我一定也一樣，並說：「我來了，怎麼了？」這時，雖然她醒來後一直有聽到，但她第一次清楚聽到那撞擊聲。「那是什麼？」她小聲說。

她緩緩坐到席爾朵拉床尾，感覺自己很冷靜。沒事，她心想，沒事。只是個聲音而已，可是屋子異常得冷，非常、非常冷。聲音來自走廊尾端，接近育兒房的地方，但房裡的溫度非常冷，不是我母親在敲牆。

「有東西在撞門。」席爾朵拉說，語氣十分理智。

「就這樣而已。接近另一邊走廊底。路克和博士可能已經過去查看是怎麼回事了。」完全不像母親敲牆，我又在做夢了。

「砰砰。」席爾朵拉說。

「砰。」愛麗諾說完，咯咯笑了。她心想，我很冷靜，但好冷。那聲音只是某種撞門聲，一聲接著一聲。這就是我怕的事嗎？用「砰」來形容很合適。那聽起來比較像小孩子在鬧，而不是母親在敲牆找人幫忙，總之路克和博士過去了，這是大家說的寒意在背上竄過的感覺嗎？這感覺很不舒服，會從肚子開始發冷，並像浪潮一樣竄上來，接著再竄下去，像活物一樣。活物。沒錯。像活物一樣。

「席爾朵拉。」她說著閉上眼，緊咬牙關，雙臂抱住自己：「變近了。」

「只是聲音而已。」席爾朵拉說，她移動到愛麗諾旁邊，緊靠著她。「聲音有回音。」

愛麗諾心想，聲音聽起來空空的，空空的砰一聲，好像有東西拿著鐵壺、鐵棍或鐵手套撞門。聲音規律敲了一陣子，突然變輕，接著又快敲一陣，它感覺有條不紊地在走廊尾端，依序撞著一道道門。她覺得自己聽到遠方傳來路克和博士的聲音，似乎從下方傳來，她心想，那他們根本沒跟我們在二樓，她聽到鐵製的東西撞上非常接近她們的一道門。

「也許它會到走廊另一邊。」席爾朵拉低聲說，愛麗諾心想，這段經驗難以言述，但最詭異的是，席爾朵拉竟然也有聽到。「沒有。」席爾朵拉說，他們聽到走廊對面的門傳來撞擊聲，聲音更大，震耳欲聾，接著來自他們隔壁的門（它來來回回在走廊移動嗎？它踏著地毯走嗎？它有伸手碰門嗎？），愛麗諾從床上彈起來，衝到門口，用雙手推住門。「走開。」她瘋狂大叫。「走開、走開！」

外頭寂靜無聲，愛麗諾把臉貼到門上心想，好，我出聲了；它在找有人的房間。

刺骨的寒意竄入，爬到她們身上，並充滿房間。在這片寂靜中，大家會以為棲居在希爾山莊的萬物都沉睡著。突然之間，席爾朵拉牙齒打顫了，嚇得愛麗諾轉過身，然後隨即大笑。「妳這大孩子。」她說。

「我很冷。」席爾朵拉說。「冷得要死。」

「我也是。」愛麗諾拿起綠色保暖被，裹住席爾朵拉，並穿上席爾朵拉溫暖的浴袍。「妳有比較溫暖了嗎？」

「路克在哪？博士在哪？」

「我不知道。妳現在溫暖了嗎？」

「沒有。」席爾朵拉顫抖著。

「我待會去走廊上叫他們，妳——」

撞擊聲又開始，彷彿它一直在豎耳聆聽，等待她們的聲音，聽她們開口，認出她們是誰，摸清楚她們準備如何對抗它，並想聽聽看，她們是否害怕。聲音一響，愛麗諾猛然向後跳開，撞到床上，席爾朵拉大抽口氣，大聲尖叫，鐵製的東西重重撞上她們的房門，兩人目光向上看，內心無比恐懼，因為撞擊聲居然來自門上方，兩人伸手都摸不到的地方，那比路克和博士伸手能及之處都更高，門外不論是什麼，都伴隨一股令人反胃的冰冷。

愛麗諾站著，動也不動，直盯著門。她不知道該怎麼辦，但她覺得自己維持著理智，沒有特別害怕，絕不比做噩夢時恐懼。比起敲擊聲，寒冷更讓她不舒服。就算穿著席爾朵拉溫暖的浴袍，都抵不住如彎曲的手指一般，爬上她背後的寒意。現在也許最聰明的做法是走過去打開門。如博士所說，也許那就是純粹科學探究的精神。但愛麗諾心裡有數，就算腳能帶著身體走到門口，她的手也不敢去抓門把。她甚至默默心想，最好不要有人去碰門把。她告訴自己，我們的雙手是為了工作，不是為了握門把。她身體一直在顫抖，門上每一聲撞擊，都讓她後退一點，現在她不退了，因為聲音漸漸遠去。「我要跟我們的清潔工抱怨暖氣機不熱。」席爾朵拉從她身後說。「結束了嗎？」

「沒有。」愛麗諾說，感到一陣反胃。「沒有。」

它找到她們了。因為愛麗諾不肯開門，它會自己找路進來。愛麗諾大聲說：「現在我明白大家為何要尖叫了，因為我覺得我快忍不住了。」席爾朵拉說：「妳叫我也會叫。」說完她笑了，愛麗諾聽到後迅速轉身，她們抱住彼此，在寂靜中聆聽著。門框傳來輕輕的拍打聲，接著是窸窸窣窣的聲響，彷彿有東西摸索著門的邊緣。這時門把動了動，愛麗諾輕聲問：「有鎖嗎？」席爾朵拉點點頭，接著睜大雙眼，轉頭望向浴室門。「我的也有鎖。」愛麗諾在她耳邊說，席爾朵拉閉起雙眼，鬆了口氣。聲音在門框滯留一會，接著彷彿再次發怒，撞擊聲再次響起，愛麗諾和席爾朵拉看著木門震動搖晃，鉸鏈繃緊。

「你進不來。」愛麗諾瘋狂大喊，又一次，四周一片寂靜，彷彿屋子專注聽著她說的話，靜靜咀嚼，冷笑同意，決定繼續等待。這時透過房中流動的空氣，一陣咯咯竊笑響起，笑聲瘋狂，如低語一般幾不可聞，愛麗諾感到笑聲竄上她的背，接著一陣得意的笑聲竄過屋子四周，最後她聽到博士和路克從樓梯的喊叫，幸好一切終於都結束了。

當真正的寂靜來臨時，愛麗諾呼吸顫抖，動作僵硬。「我們像兩個走丟的孩子，緊緊抱著彼此。」席爾朵拉說，並鬆開愛麗諾脖子上的雙臂。「妳穿著我的浴袍。」

「我忘了穿自己的。真的結束了嗎？」

「總之，今晚結束了。」席爾朵拉語氣確定。「妳感覺不出來嗎？妳身體沒變暖嗎？」

可怕的寒意消失了，只剩下愛麗諾望向門口時，背會微微發麻。她想解開浴袍打死的結，同時說道：「驚嚇過度的話，身體會感到劇烈的寒意。」

「我感到的是劇烈的驚嚇吧。」席爾朵拉說。「路克和博士來了。」他們聲音在走廊外，語氣快速焦慮，愛麗諾把浴袍放到席爾朵拉的床上說：「老天爺，別讓他們敲門——再敲一次我會嚇死。」她跑回房間穿上自己的浴袍。她聽到席爾朵拉要他們等一下，然後走去打開門鎖，路克喜滋滋地對席爾朵拉說：「怎麼了？妳看起來像見到鬼一樣。」

愛麗諾回來後，發現路克和博士都穿好衣服了。她覺得這是個好主意。如果晚上又變得特別冷，愛麗諾這次會穿著羊毛大衣和厚毛衣。她才不管達德利太太發現她穿著羊毛襪和鞋子，躺在乾淨的床上，會有什麼意見。「好啦，」她問，「你們兩個男人覺得住在鬧鬼的屋子裡怎麼樣？」

「完全沒問題，」路克說，「完全沒問題。它讓我半夜有藉口能喝酒。」他拿著白蘭地和玻璃杯。四人凌晨四點坐在席爾朵拉房裡喝白蘭地，愛麗諾覺得這是個友善的小圈圈。他們壓低聲音，語速偏快，彼此不斷偷瞄，眼神中帶著好奇，每個人都在想，其他人身上隱瞞了什麼恐怖祕密，表情和姿態有何變化，不小心暴露什麼弱點會害死自己。

「我們在外頭時，這裡有發生什麼事嗎？」博士問。

愛麗諾和席爾朵拉面面相覷地大笑，這次笑聲終於發自內心，沒有任何歇斯底里和恐懼。過一會，席爾朵拉小心地說：「沒什麼特別的。只是有東西用炮彈撞門，試圖進來把我們吃了，我們不肯打開門時，它開始大笑。但其實也沒什麼特別的。」

愛麗諾好奇地走過去打開門。「我以為門要粉碎了。」她困惑地說。「木板甚至連刮痕都沒有，其他門也沒有，木板都光滑無傷。」

「它沒弄壞木板真好心。」席爾朵拉將白蘭地杯遞給路克。「這可愛的老房子受傷的話，我會很傷心。」她朝愛麗諾露齒一笑。「諾兒差點都尖叫了。」

「妳也是。」

「哪有。我說我要尖叫，只是為了陪妳。何況達德利太太已經說她不會來了。你們又跑去哪了，我們英勇的守衛？」

「我們去追狗。」路克說。「至少是像狗的動物。」他停了停，然後不情願地繼續說。「我們追牠追到外頭。」

席爾朵拉瞪大眼睛，愛麗諾說：「你是說牠在屋裡？」

「我看到牠從我門前跑過，」博士說，「只看到一眼，沿走廊溜過去。我叫醒路克，我倆跟著牠下樓，進到花園，在屋子後頭跟丟了。」

「前門打開了？」

「沒有。」路克說。「前門關著。其他門也是。我們有檢查。」

「我們巡了好一陣子。」博士說。「我們根本沒想到妳們會醒來，我們聽到妳們的聲音才發覺。」他語氣嚴肅。「有件事我們沒考慮到。」

他們看著他，一臉疑惑，他把手調整成演講姿態，開口解釋。「首先，」他說，「顯然路克和我比妳們早醒來，我們到處亂走，進進出出，起碼有兩小時，容我形容的話，我們就像兩隻無頭蒼蠅。再來，我們倆——」他朝路克投以詢問的目光。「沒人聽到樓上傳來任何聲響，最後才聽到妳們的聲音。換言之，撞擊妳們房門的聲音我們聽不到。等我們放棄警戒，決定要上樓時，待在妳們門外的東西才被我們趕走。現在我們一起坐在這裡時，屋子變得一片寧靜。」

「我還是不懂你的意思。」席爾朵拉皺眉說。

「我們一定要有預防措施。」他說。

「對付什麼？怎麼做？」

「路克和我被引誘到屋外，妳們兩個卻困在屋內，大家不覺得——」他聲音壓得非常低。「不覺得它的目的是想設法把我們分開嗎？」

V

1

愛麗諾看著鏡中的自己，明亮的晨光甚至讓希爾山莊的藍色房煥然一新，她心想，這是我在希爾山莊的第二個早晨，我快樂得不可思議。戀人相遇便是旅程的終點，我昨晚幾乎失眠，我說了謊，還害自己出糗，但如今空氣卻如酒一般醇美。我昨晚不僅嚇傻了，還快嚇死了，但我莫名值得這份喜悅；我等這份喜悅已等到海枯石爛。愛麗諾這輩子都相信只要把快樂說出口，快樂就會消失，但她現在不管了，她微笑看著鏡中的自己，默默跟自己說，妳很快樂，愛麗諾，妳終於得到妳該擁有的快樂。她把目光從鏡中的自己移開，茫然心想，戀人相遇便是旅程的終點，戀人相遇。

「路克？」是席爾朵拉，她在走廊上喊。「妳昨晚偷走我一條褲襪，你這下流的賊，我希望達德利太太有聽到。」

愛麗諾依稀聽到路克遠遠反駁說，紳士有權保有女士恩賜他的信物，而且他確定達德利太太字字句句都聽得一清二楚。

「愛麗諾？」現在席爾朵拉敲著相連浴室的門。「妳醒著嗎？我能進來嗎？」

「當然，請進。」愛麗諾看著鏡中的自己。她告訴自己，妳值得，妳努力了一輩子。席爾朵拉打開門，開心說：「妳今早看起來好美，諾兒。妳比較適合有趣的生活。」

愛麗諾朝她微笑。席爾朵拉顯然也過得不錯。

「我們應該要有黑眼圈，一臉愁雲慘霧。」席爾朵拉說，她的手摟住愛麗諾，看向一旁的鏡子。「結果妳看我倆——兩個清新綻放的年輕美女。」

「我三十四歲了。」愛麗諾說，她不知道自己為何默默叛逆，多加了兩歲。

「妳看起來像十四歲。」席爾朵拉說。「來吧，我們值得吃頓早餐。」

她們笑著跑下巨大的樓梯，穿過遊戲房，進入餐廳。「早安。」路克開朗地說。「大家睡得如何？」

「非常安穩，謝謝你。」愛麗諾說。「睡得像寶寶一樣。」

「可能有點小聲音。」席爾朵拉說。「但多少不意外，畢竟這是老房子。博士，我們今早要做什麼？」

「嗯？」博士抬頭說。只有博士一臉疲倦，但他雙眼有著和他們一樣的光芒。愛麗諾心想，那是興奮感，我們全都玩得很過癮。

「巴勒欽莊園、」博士津津有味說著，「博爾利教區長館、格拉姆斯城堡[18]。我居然親身在經歷這一切，簡直像在做夢一般，太不可思議了。我根本不敢相信。我依稀開始理解你們身臨其境時的微小喜悅。不好意思，我想抹點柑橘醬。謝謝妳。我妻子永遠不會相信我。食物都有全新的滋味了——你們也有同感嗎？」

「原來不只是達德利太太的早餐做得更好吃的緣故，我剛才還在想呢。」路克

18 格拉姆斯城堡位於英國，建於一三七二年，相傳是蘇格蘭鬼魂最常出現的城堡。

說。

「我一直想回憶，」愛麗諾說，「我是說昨晚的事。我記得我有意識到自己很害怕，但我不記得真正感到害怕——」

「我記得很冷。」席爾朵拉說著打了個寒顫。

「我想這是因為一切超乎現實，腦袋怎麼想都無法理解。我的意思是，事情全都不合理。」愛麗諾忽然不說了，一臉尷尬笑了笑。

「我同意。」路克說。「我今天早上還重新告訴自己昨晚發生什麼事。其實跟做噩夢完全相反，因為做噩夢你會不斷告訴自己，那些都不是真的。」

「我覺得很刺激。」席爾朵拉說。

博士舉起一根手指提醒。「現在仍非常可能只是地下水的關係。」

「那應該要建更多房子在祕密地下水上面。」席爾朵拉說。

博士皺眉。「大家這麼興奮讓我有點擔心。」他說。「這事當然令人陶醉，但有沒有可能同時很危險？這會不會是希爾山莊氣氛的影響？會不會是我們——像這樣——被下咒的徵兆？」

「那我就是被下咒的公主了。」席爾朵拉說。

「可是，」路克說，「如果昨晚是希爾山莊的真貌，我們不會有問題。我們當然嚇到了，事發時確實很不安，但我不記得我感覺到有任何生命危險。就連席爾朵拉說，門外有東西要來吃她時，其實聽起來都——」

「我懂她的意思，」愛麗諾說，「因為我也想到同樣的事。感覺像它想吞噬我們，將我們融為一體，成為屋子的一部分，也許——喔，天啊。我以為我知道自己在說什麼，但我說得好不清楚。」

「確實沒有生命危險。」博士確認說。「漫長的靈異史上，鬼魂不曾傷害過人。傷害全都是受害者自己造成的。我們甚至無法說，鬼魂會攻擊人心，因為人心、意識和思考都不可能受傷，像我們坐在一起聊天時，我們內心其實一點都不相信鬼。甚至經過昨晚的事之後，我們說出『鬼』這個字，嘴角仍會不由自主上揚。不，靈異事件最恐怖的是，它會在現代人心靈最脆弱時攻擊，尤其是我們放下迷信，找不出其他解釋時。理性上，我們不認為昨晚穿梭花園和敲門的是鬼，但希爾山莊昨晚確實有發生某種現象，而我們已經排除人類直覺的慰藉——自我懷疑。我們不能說：『全是我想像的。』因為另外三人都在場。」

「我可以說，」愛麗諾笑著插嘴。「你們三個都是我的想像，一切都不是真的。」

「如果我覺得妳真心這麼想，」博士嚴肅地說，「我一早就會把妳趕出希爾山莊。因為妳的心智可能已不正常，準備張開雙臂，像擁抱那對姊妹一樣，迎向危險的希爾山莊。」

「他的意思是，他會覺得妳瘋了，親愛的諾兒。」

「好吧，」愛麗諾說，「我想也是。如果我背叛你們，站到希爾山莊那邊，我希望你們把我送走。」為什麼是我？她心想，為什麼是我？我是大眾良心嗎？總是要說出其他人傲慢到不願承認的冰冷事實？我非得當那個最脆弱的？比席爾朵拉還脆弱的？她心想，我們之中，我當然最不可能背叛其他人。

「調皮鬼倒是另一回事。」博士說，他雙眼在愛麗諾身上短暫停留。「他們會徹底利用物理世界。他們會扔石頭、移動物品、打破碗盤。博爾利教區長館的佛依斯特女士飽受折磨，但當她最好的茶壺被扔出窗外時，她才終於抓狂。只不過，調皮鬼是靈異社會事件中水準最低的一種。他們很有破壞力，但他們不會思考也沒有意志。他們只是毫無方向的力量。你們記得……」他淺淺一笑地問，「奧斯卡．王爾德的故事《坎特維爾的幽靈》嗎？」

「美國雙胞胎擊敗優雅的英國老鬼。」席爾朵拉說。

「沒錯。我一直很喜歡美國雙胞胎其實才是調皮鬼的概念，當然調皮鬼會讓其他有趣的靈異現象相形失色。壞鬼驅逐好鬼。」他開心地拍拍手。「他們也會驅走別的。」他補充說。「蘇格蘭有座莊園，裡面全是調皮鬼，一天至多會失火十七次，調皮鬼喜歡用力將床翻倒，我記得有個神職人員不得不離開家裡，因為他天天受到折磨，調皮鬼會從敵對的教會偷聖詩書扔到他頭上。」

毫無理由，愛麗諾突然一陣想笑。她想跑去主位擁抱博士，她想在草坪上跳舞歌唱，她想唱歌大叫，雙手用力揮舞，在希爾山莊的房間中繞著一圈又一圈。她心想，我在這裡、我在這裡。她高興得馬上閉上雙眼，然後端莊地向博士說：「所以我們今天要做什麼？」

「妳們還是像群孩子。」博士也笑著說。「總是在問我今天要做什麼。你們不能自己拿玩具玩嗎？或跟彼此玩？我有工作要做。」

「我真正想做的……」席爾朵拉咯咯笑說，「是從扶手滑下去。」她像愛麗諾一樣興奮又開心。

「躲貓貓。」路克說。

「別獨自亂走。」博士說。「我想不出好理由，但感覺這是合理之舉。」

「因為樹林裡有熊。」席爾朵拉說。

「閣樓有老虎。」愛麗諾說。

「高塔裡有老巫婆，客廳裡有火龍。」

「我是認真的。」博士大笑說。

「十點了。我來清理——」

「早安，達德利太太。」博士說，愛麗諾、席爾朵拉和路克向後一靠，情不自禁大笑。

「我十點會來清理。」

「我們不會耽擱妳太久。麻煩再等十五分鐘，謝謝，妳到時再來清理桌面。」

「我十點收拾早餐。一點準備好午餐。晚餐會在六點準備好。現在十點了。」

「達德利太太。」博士起初想正經說，後來看到路克雖然沒發出聲，但已笑到整張臉都扯開來，於是他拿餐巾遮住雙眼放棄了。「妳把桌子清一清吧，達德利太太。」博士斷斷續續才把話說完。

他們的笑聲開心迴盪在希爾山莊走廊，一路傳到大客廳的大理石像、樓上的育兒房、高塔奇怪的小尖頂，他們一路沿著走廊走向小客廳，一屁股坐到椅子上，中途仍笑個不停。「我們不能取笑達德利太太。」博士說著向前坐，臉埋到雙手中，肩膀不斷顫抖。

他們笑了好久，中間想告訴彼此一些事，但都說不成句子，並亂指著對方，他們的笑聲響徹希爾山莊，最後全身無力，肚子發疼，紛紛軟倒在椅子上看著彼此。

「好了——」博士開口，結果又被席爾朵拉一陣咯咯輕笑打斷。

「好了。」博士又說，這次語氣更認真，他們安靜下來。「我想再喝點咖啡。」他問大家。「大家想喝嗎？」

「你是說直接走去問達德利太太？」愛麗諾問。

「直接走向她，不在一點或六點，直接問她能不能喝咖啡？」席爾朵拉追問。

「差不多。」博士說。「路克，小夥子，我有注意到，你已經是達德利太太最愛的客人——」

「不是，」路克驚訝地問，「你怎麼會注意到這麼不可能的事？達德利太太看我，就像看到盤子沒好好放到架上一樣，只會咒罵一頓而已。在達德利太太眼中——」

「畢竟你是這房子的繼承人。」博士哄他。「達德利太太對你的感覺，一定像家族老忠僕看到年輕少爺的感覺。」

「在達德利太太眼中，我比掉在地上的叉子還不堪。我求你，如果你打算跟那老傻瓜要東西，派席爾朵拉去，或我們可愛的諾兒。她們不怕——」

「不要。」席爾朵拉說。「你不能叫柔弱的女性去面對達德利太太。諾兒和我必須在這裡受保護，不能代替懦夫戰鬥。」

「博士——」

「亂七八糟！」博士發自內心說。「你該不會要我，一個老頭子去吧？總之，你明知道她喜歡你。」

「你這無禮的臭老頭。」路克說。「為了一杯咖啡犧牲我。我是比較悲觀，如果你們因此失去我可別意外。也許達德利太太早上還沒吃點心，她已準備做一道法式煎『路克』排，搞不好還佐個海鮮醬，看她心情。如果我沒回來……」他手指在博士鼻前搖了搖。「我求你們認真懷疑一下午餐的菜色。」他誇張行禮，彷彿要去屠殺巨人，然後關上門。

「可愛的路克。」席爾朵拉大大伸展身子。

「可愛的希爾山莊。」愛麗諾說。「席爾朵拉，花園側邊有個雜草叢生的小涼亭。我昨天注意到了。我們今早可以去看看嗎？」

「沒問題。」席爾朵拉說。「我希望能逛完希爾山莊每一寸。總之，今天天氣這麼好，待在室內太可惜了。」

「我們找路克一起去。」愛麗諾說。「你呢，博士？」

「我的筆記——」博士開口，然後停下來，因為門突然打開，愛麗諾原本以為路克終究不敢面對達德利太太，於是在門口站一會就回來了。但這時她才驚覺路克一臉蒼白，並聽到博士生氣地說：「我打破自己立下的第一個規則，我讓他一個人去了。」而她只急切地喚著：「路克？路克？」

「沒事。」路克甚至露出笑容。「但你們來走廊看一下。」

大家看到他的臉色和笑容，聽到他的口氣，不禁全身發涼，他們默默起身，跟著他走出門，進到通往前廳黑暗的長走廊。「這裡。」路克說，愛麗諾看到他點亮一根火柴，照亮牆壁，她背脊發毛，竄過一絲噁心感。

「這是——字跡？」愛麗諾一邊問，一邊靠近去看。

「字跡。」路克說。「我回來才發現。達德利太太拒絕了。」他補了一句，語氣緊繃。

「我的手電筒。」博士從口袋拿出手電筒，燈光照亮之後，他緩緩從走廊一側走到另一側，字跡非常清楚。「粉筆。」博士說，他走向前，用手指尖摸了摸字跡。「用粉筆寫的。」

愛麗諾心想，字很大，筆跡散亂，看起來像是壞孩子在欄杆上的塗鴉。如今卻確實出現在這，走廊厚重的木板上布滿破碎的線條，字跡橫跨走廊兩端，就算她背靠在對面的牆上，字都大到難以閱讀。

「你能讀懂嗎？」路克輕聲問，博士移動手電筒，緩緩讀著：幫助愛麗諾回家。

「不。」愛麗諾感覺字句卡在喉嚨。博士讀的時候，她看到自己的名字。她心想，是我。我的名字清楚寫在上頭，我名字不該出現在這屋子的牆上。「擦掉，拜託。」她說，她感到席爾朵拉手臂摟住她肩膀。「這太瘋狂了。」愛麗諾困惑地說。

「沒錯，太瘋狂了。」席爾朵拉語氣堅定。「我們回房裡，諾兒，坐下來。路克會找東西把它擦掉。」

「但這太瘋狂了。」愛麗諾說，她腳步猶豫，回頭去看牆上的名字。「為什麼——？」

博士穩穩帶她進門，進到小客廳並關上門。路克已經在用手帕擦拭字跡了。

「妳聽我說，」博士對愛麗諾說，「就因為妳的名字——」

「就是這樣。」愛麗諾盯著他說。「它知道我的名字，對不對？它知道我的名字。」

「別說了，好嗎？」席爾朵拉用力搖她。「它能說出我們任何人的名字。它知道我們所有人的名字。」

「妳寫的嗎？」愛麗諾轉頭問席爾朵拉。「拜託妳告訴我——我不會生氣之類的，這樣我就能知道——也許這只是個玩笑？要來嚇我？」她望向博士，面露哀求。

「妳知道不是我們寫的。」博士說。

路克進門，他用手帕擦著雙手，愛麗諾轉身，心裡抱著一絲希望。「路克，」她說，「你寫的，對不對？你剛才出去的時候寫的？」

路克瞪大眼睛，然後坐到她的椅臂上。「聽著，」他說，「妳希望我到處寫妳名字？把妳的名字縮寫刻在樹上？在小紙片上寫『愛麗諾、愛麗諾』？」他輕輕拉了一下她的頭髮。「我可沒這麼瞎。」他說。「別鬧了！」

「那為什麼是我？」愛麗諾說，她目光掃過他們。她憤怒地心想，我被孤立在外，我被選中了，她馬上可憐兮兮問道：「比起任何人，我有做什麼事，特別吸引注意嗎？」

「親愛的，沒有吧。」席爾朵拉說。她站在壁爐旁，身子靠著壁爐檯，手指輕敲，她開口時，目光投向愛麗諾，並露出燦爛的笑容。「搞不好是妳自己寫的。」

愛麗諾怒火中燒，幾乎大吼。「妳覺得我想把名字寫滿這爛房子嗎？妳覺得我喜歡自己成為焦點嗎？我又不是被寵壞的寶寶——我不喜歡被挑出來——」

「妳有注意到嗎？那是在請求幫助。」席爾朵拉態度十分輕鬆。「也許可憐陪護的靈魂終於找到溝通方法。也許她只是想等待某個無趣、膽小——」

「也許它只跟我說話，因為再怎麼哀求，也無法打動妳自私的鐵石心腸。也許我擁有更多同情心和諒解——」

「當然，也可能是妳自己寫給自己的。」席爾朵拉又說了一次。

和尋常男人一樣，看到女人吵架，博士和路克都已向後退開，緊緊站在一起，不敢作聲。終於路克移了移身子開口。「好了啦，愛麗諾。」他語帶離譜地說，愛麗諾轉身跺腳。「你怎麼這樣？」她大口抽氣。「你怎麼這樣？」

這時博士大笑，愛麗諾瞪著他，然後瞪著路克，路克笑嘻嘻望著她。我到底怎麼了？她心想。這時她恍然大悟——所以他們都知道席爾朵拉是故意的，她惹我生氣之後，我就不會那麼害怕了；我居然被這樣操弄，好丟臉。她掩住臉，坐到椅子上。

「諾兒，親愛的。」席爾朵拉說。「我真的對不起。」

愛麗諾告訴自己，我一定要說些什麼。我一定要告訴他們，我仍開得起玩笑。我開得起玩笑，我要讓他們知道我覺得不好意思。「我才要對不起。」她說。「我被嚇到了。」

「妳當然被嚇到了。」博士說，愛麗諾心想，他多單純，多沒心機。他相信自己聽到的每一句傻話。他甚至以為是席爾朵拉惹我生氣之後，我才不歇斯底里。她朝他微笑心想，現在我恢復了。

「我真的以為妳會尖叫。」席爾朵拉說，她走來跪到愛麗諾椅子前。「要是我的話，我一定會尖叫。但我們不能讓妳崩潰。」

愛麗諾心想，畢竟要有誰搶走焦點，也必須是席爾朵拉嘛。如果「愛麗諾」是外人，那她就獨自一人當外人就好。她伸手拍拍席爾朵拉的頭說：「謝了。我想我剛才有點緊張。」

「我一開始還以為妳們倆要打架了，」路克說，「後來才發覺席爾朵拉的用意。」

愛麗諾看著席爾朵拉燦爛快樂的雙眼，面露笑容心想，但那根本不是席爾朵拉的用意。

2

希爾山莊的時間過得十分緩慢。愛麗諾、席爾朵拉、博士和路克在群山包圍下，於溫暖、黑暗又奢華的山莊內，按捺著內心的恐懼和警戒，寧靜安穩地度過了一天一夜——也許，這樣能讓他們放鬆一點。他們一起吃飯，達德利太太的料理依舊完美。他們一起聊天下棋，博士讀完了《帕梅拉》，開始讀《查爾斯·格蘭德森爵士史》。他們中途偶爾會有所需求，各自回房，獨處幾小時，不讓別人打擾。席爾朵拉、愛麗諾和路克探索了屋子後面糾結的灌木叢，找到那座小涼亭，博士則坐在寬闊的草坪寫筆記，在大家的視線和聽覺之內。他們找到一塊圍起的玫瑰園，裡頭長滿雜草，還有一塊達德利一家細心照料的蔬果園。他們不時提到要準備去溪邊野餐。涼亭附近有野草莓，席爾朵拉、愛麗諾和路克摘了一手巾的草莓回來，躺在博士附近的草坪吃，他們的雙手和嘴巴沾滿莓汁。博士抬頭，驚訝地看著他們說，「你們像孩子一樣。」他們每個人都有寫筆記（但寫得十分隨便，幾乎不在乎細節），記錄了他們目前在希爾山莊的所見所聞，博士將這些文件都放到文件夾中。隔天早上（他們在希爾山莊的第三天），博士找了路克幫忙，他們在樓上度過一段美好又令人抓狂的時光，他們想試著用粉筆和捲尺測量育兒房外的冰冷處究竟有多大，愛麗諾和席爾朵拉則盤腿坐在走廊地上，記錄博士測量出的數字，並玩著圈圈叉叉。博士的工作不斷受到阻礙，因為他一次頂多只能拿粉筆或捲尺一分鐘，手反覆被凍僵。路克站在育兒房門內，抓著捲尺一端，手慢慢伸到冰冷處，接著手指會失去力量，鬆開捲尺。他們把溫度計放到冰冷處中心，結果根本毫無動靜，溫度計固執地維持和走廊各處一樣的溫度，博士見了對博爾利教區長館的測量員感到不爽，因為他們測量時，氣溫降到了十一度。他盡他所能界定好冰冷處，記錄在筆記本上之後，他帶大家下樓吃午餐，並向大家提議，涼爽的下午一起和他去打槌球。

「感覺很蠢，」他解釋，「早上天氣明明這麼好，卻一直看著地板上冰冷的角落。我們一定要規畫多在戶外活動。」大家大笑時，他微微感到詫異。

「外頭還有其他世界嗎？」愛麗諾好奇問道。達德利太太為他們做了桃子磅蛋糕，她低頭看著自己盤子說：「我相信達德利太太晚上會去別的地方，每天早上帶回一大堆奶油，達德利先生每天下午會拿食品雜貨來，但就我記得，除此之外沒別的地方了。」

「我們在一座荒島上。」路克說。

「除了希爾山莊，我想像不出任何世界。」愛麗諾說。

「也許，」席爾朵拉說，「我們應該要每天在棍子上劃一道缺口，或把小石頭疊成堆，這樣才能知道我們受困多久了。」

「和世界失聯感覺真開心。」路克替自己舀了一大塊生奶油。「沒有信件和報紙。什麼事都可能發生了。」

「可惜的是——」博士說完頓了頓。「不好意思，」他繼續說，「我只是想說，我們還是會收到外頭的消息，當然這一點都不可惜。蒙塔古太太——換言之，我妻子——週六會來這裡。」

「但週六是什麼時候？」路克問。「當然很高興見到蒙塔古太太。」

「後天。」博士心想。「沒錯，」他過一會說，「我相信後天是週六。當然，我們會確定那是週六。」他眼中發著光說，「因為蒙塔古太太會來。」

「我希望她不會滿心期待晚上有東西會撞來撞去。」席爾朵拉說。「希爾山莊有諸多傳聞，現在都變得言過其實了，我覺得。也許蒙塔古太太來了才正好會碰上一堆靈異現象。」

「蒙塔古太太，」博士說，「會做好萬全準備，接受一切。」

「我在想，」席爾朵拉對愛麗諾說，她們在達德利太太監視下離開餐桌，「為什麼一切一直這麼安靜。我覺得無聲無息更讓人緊張，在這乾等，比真的出事還可怕。」

「但等的不是我們。」愛麗諾說。「是這屋子。我覺得它在等待時機。」

「可能是在等我們安心，接著便會張牙舞爪撲來。」

「我不知道它會等多久。」愛麗諾發抖著，走上巨大的樓梯。「我好想寫信給我妹妹。妳知道——我在希爾山莊這好地方度過十分美好的時光……」

「下個暑假真的應該把全家帶來玩，」席爾朵拉接話，「我們每天晚上都蓋著毯子……」

「空氣無比清新，尤其是樓上的走廊……」

「在裡面隨時都覺得活著真好……」

「每一分鐘都有事情發生……」

「文明世界似乎離這裡很遙遠……」

愛麗諾大笑。她在席爾朵拉前面，已走到樓梯最上面。陰森的走廊下午有點光線，因為他們讓育兒房的門開著，陽光從高塔旁的窗戶射入，照亮博士地上的捲尺和粉筆。樓梯上方骯髒的窗戶反射光線，在走廊的黑木壁板上投下藍色、橘色和綠色的光芒。「我要去睡覺了。」她說。「我這輩子從沒如此懶散過。」

「我去躺在床上，做個文明的夢，可能夢街車吧。」席爾朵拉說。愛麗諾已經習慣在自己房間門口猶豫，她進門前，會先快速掃視一遍房間。她告訴自己，這是因為房間全是藍的，她總需要花點時間才能習慣。她進到房中，會走到另一頭，打開窗戶，因為每次窗戶都關著。她今天才走到房間的一半，就聽到席爾朵拉房門砰一聲地打開，席爾朵拉用快窒息的聲音說：「愛麗諾！」愛麗諾快跑到走廊，停在席爾朵拉的房門口，當她從席爾朵拉的肩旁望去時，驚愕不已。「那是什麼？」她輕聲問道。

「妳覺得那看起來像什麼？」席爾朵拉猛然提高聲音。「那看起來像什麼，妳白痴嗎？」

雖然愛麗諾十分疑惑，但她內心堅定地想，這次我也不會原諒她。「看起來像油漆。」她猶豫地說。「只是……」她發現了。「只是味道很難聞。」

「是血！」席爾朵拉斷然地說。她緊抓住門，身體隨門搖晃，目瞪口呆。「血。」她說。「到處都是血。妳看到了嗎？」

「我當然看到了。沒有到處都是血。別大驚小怪。」不過她憑良心想，席爾朵拉其實沒有大驚小怪。她心想，未來會有一次，我們其中一人會仰起頭，發自內心大叫，我希望那不是我，因為我用全力在預防這件事。一定會是席爾朵拉……於是她冷冷地問道：「牆上是更多的字跡嗎？」她聽到席爾朵拉瘋狂的笑聲，心裡不禁想，最後放聲尖叫的，其實可能仍會是我，而我絕對不要。我一定要穩住，她閉上雙眼，默默唸起，噢，停下腳步，聽我高歌，妳的真愛已降臨，他能高歌，也能低吟。別再向前，美麗佳人；戀人相遇便是旅程的終點……

「沒錯，親愛的。」席爾朵拉說。「我不知道妳怎麼辦到的。」

每個聰明人都懂。「保持理智。」愛麗諾說。「叫路克來，還有博士。」

「為什麼？」席爾朵拉問。「這不是妳為我特別準備的小驚喜嗎？只給我倆的祕密？」愛麗諾試著抱住她，不讓她進房，但席爾朵拉掙脫開來，跑向巨大的衣櫃，打開櫃門，痛苦地放聲大哭。「我的衣服。」她說。「我的衣服。」

愛麗諾冷靜地轉身，走到樓梯上方。「路克。」她身子越過欄杆喊著。「博士。」她聲音不大，並試著讓聲音平靜，但她聽到博士的書落到地上，然後沉重的腳步聲響起，他和路克都跑來了樓梯。她望著他們，看到他們充滿恐懼的表情，心想他們每個人表面上風平浪靜，其實心中隨時都藏著不安，所以每個人似乎永遠都等待著彼此求救。她心想，智慧和理解其實沒有任何保護的作用。「是席爾朵拉。」他們爬上樓梯之後她說。「她變歇斯底里。有人——有東西——在她房間用紅漆亂畫，她抱著衣服在哭。」她轉身跟著他們時心想，我這樣說算是最公道了吧。

席爾朵拉仍在房裡一邊嚎啕大哭，一邊用腳踢著衣櫃門，要不是她拿著纏成一團、滿是紅漬的黃色衣服，模樣像是在耍脾氣，那畫面甚是好笑。她其他衣服都被扯下衣架，胡亂地攤在衣櫃底，每一件衣服都是血汙。「那是什麼？」路克問博士，博士搖搖頭說：「我敢說那是血，但要有那麼多血，一定要……」接著他突然不說了。

所有人一片沉默，看著席爾朵拉床上方的壁紙，上頭以紅色發抖的字跡寫了：幫助愛麗諾回家愛麗諾。

愛麗諾告訴自己，這次我準備好了，並開口：「你們最好把她帶離這裡，帶她去我房間。」

「我的衣服都毀了。」席爾朵拉對博士說。「你有看到我的衣服嗎？」氣味難聞至極，牆上的字跡像是潑灑上去的，有一排血從牆邊滴到衣櫃——席爾朵拉一開始可能因此才注意到——綠色地毯有一大片不規則的髒汙。「太噁心了。」愛麗諾說。「拜託把席爾朵拉帶到我房間。」

路克和博士一人一邊，哄著席爾朵拉穿過浴室，進到愛麗諾的房間，愛麗諾看著紅漆（她告訴自己，那一定是油漆，無論如何，必須是油漆。不然還可能是什麼），喃喃說了一句：「可是為什麼？」這時她盯著牆上的字跡。她心裡浮現一段優雅的詩句：在此長眠之人，名字以血書[19]。有沒有可能我現在的腦袋還不理智呢？

「她還好嗎？」博士回到房中後，她轉身問。

「她過幾分鐘就好了。我想我們必須讓她跟妳住一陣子。我無法想像她會想回到這房間睡覺。」博士面色蒼白地微笑。「我想她下次自己開門，可能要隔一段時間。」

「我想她必須穿我的衣服了。」

「妳不介意的話，我想是吧。」博士好奇地看著她。「這次的訊息不像上次令

19 英國詩人約翰．濟慈（John Keats, 1795-1821）的墓誌銘寫著：「在此長眠之人，名字以水書。」意即他的名字轉逝就會消失，微不足道。

妳擔心？」

「太白痴了。」愛麗諾說，並試著理解自己的心情。「我一直站在這，看著那排字，心裡只是在想為什麼。我是說，這像是沒中的笑話。我想我應該要更害怕，我不害怕，原因只是這太恐怖，恐怖到脫離了現實。我一直想起席爾朵拉塗的紅色指甲油……」她輕輕笑了笑，博士銳利的目光盯著她，但她繼續說：「這也可以是油漆，你不覺得嗎？」她心想，我話停不下來，我為什麼非得解釋這一切？「也許我無法認真看待。」她說。「看到席爾朵拉為衣服尖叫，指責我把名字寫在她牆上。也許我習慣她把一切都怪罪到我身上了。」

「沒人怪妳任何事。」博士說，愛麗諾覺得自己被責備了。

「我希望她不會嫌棄我的衣服。」愛麗諾酸溜溜地說。

博士轉身，環視房間。他小心地伸出手指去觸摸牆上的字，用腳撥動席爾朵拉的黃色衣服。「晚點，」他心不在焉說著。「可能明天吧。」他望向愛麗諾並露出笑容。「我可以把這房間如實畫下來。」

「我可以幫忙。」愛麗諾說。「這裡讓我覺得噁心，但我不害怕。」

「對。」博士說。「但我想我們現在最好先暫時把門關上。我們不希望席爾朵拉再不小心走進這裡。晚一點我有空時，我會再來研究。而且，」他語氣出現一絲幽默，「我可不希望達德利太太來這打掃。」

愛麗諾沉默地看著博士從房內鎖上通往走廊的門，兩人穿過浴室，他又鎖上通往席爾朵拉綠色房的門。「我會去搬另一張床來。」他說，然後他有點笨拙地補了一句。「愛麗諾，妳頭腦很冷靜，這真的幫了我一個大忙。」

「我跟你說了，這讓我很噁心，但我不害怕。」她滿意地說，並轉向席爾朵拉。席爾朵拉躺在愛麗諾的床上，愛麗諾一陣噁心，看到席爾朵拉雙手都是紅漬，並沾上了愛麗諾的枕頭。「聽好。」她厲聲說著，並走向席爾朵拉。「妳有新衣服或把衣服洗乾淨前，妳必須穿我的衣服。」

「洗乾淨？」席爾朵拉在床上翻身，身體抽動，用骯髒的雙手摀住雙眼。「洗乾淨？」

「我的老天啊。」愛麗諾說。「我來幫妳洗乾淨。」她不想問原因，但她心想自己不曾對任何人感到難以抑制的憎惡，她走進浴室，浸溼毛巾，回房粗魯地擦著席爾朵拉的雙手和臉。「妳全身都髒兮兮的。」她不想碰席爾朵拉。

席爾朵拉突然朝她微笑。「我其實不覺得是妳做的。」她說，愛麗諾轉頭，看到路克在她身後，向下看著她們。「我是個傻瓜。」席爾朵拉對他說，路克大笑。

「妳穿諾兒的紅毛衣會很好看。」他說。

愛麗諾心想，她很邪惡，野蠻、骯髒且汙穢。她將毛巾拿進浴室，放在冷水裡浸泡，當她走出浴室時，路克說道：「……搬另一張床到這房間。妳們女生現在要住同一間房了。」

「住一起，穿一樣的衣服。」席爾朵拉說。「我們會變雙胞胎。」

「堂姊妹。」愛麗諾說，但沒人聽到她的話。

3

「這是傳統，而且有嚴格流傳下來，」路克轉著杯中的白蘭地說，「公開處決的劊子手在開腸剖肚之前，會先用粉筆在受刑人肚子劃好要下刀的地方——怕失手，你們知道的。」

愛麗諾心想，我想拿棍子打她。她向下看著席爾朵拉在她椅子旁的頭。我想用石頭砸她頭。

「真是講究細節，十分講究。因為如果受刑人會癢的話，粉筆在畫的時候肯定令人難以忍受，痛苦不已。」

愛麗諾心想，我恨她，她令我作噁。她已全身洗淨，穿著我的紅色毛衣。

「但是如果是用鐵鍊吊死的話，劊子手……」

「諾兒？」席爾朵拉抬頭朝她微笑。「我真的很對不起，妳知道。」她說。

愛麗諾心想，我想看著她死。她朝她一笑說：「白痴喔。」

「蘇非派信徒有個說法，宇宙不曾被創造，所以無法摧毀。」路克嚴肅宣布。

「我下午都在我們的小藏書室裡。」

博士嘆了口氣。「我想今晚不下棋了。」他對路克說，路克點點頭。「今天特別累，」博士說，「我想兩位小姐應該早點休息。」

「我要先用白蘭地麻痺自己。」席爾朵拉堅持。

「恐懼，」博士說，「就是放棄邏輯，自願放棄合理的解釋。我們通常要屈服或反抗，但不能猶豫不決。」

「我之前在想，」愛麗諾感覺自己莫名必須和大家道歉，「我以為我徹底冷靜，但現在我知道我非常害怕。」她皺起眉頭，一臉困惑，大家等她繼續說。「我真的害怕時，我會清楚看到那個合理、美麗和『不害怕』的世界，我看得到桌椅和窗戶都沒事，至少沒受影響，我看得到精心編織的地毯，動都沒動過。但當我害怕時，我和那世界就不再有任何關係。我想是因為萬物都不害怕。」

「我想我們只怕自己。」博士緩緩說。

「不是。」路克說。「是害怕看透自己，害怕毫無偽裝的模樣。」

「害怕知道我們真心想要的。」席爾朵拉說。她把臉靠到愛麗諾的手上，愛麗諾討厭她碰她，於是馬上將手抽走。

「我一直都害怕孤單。」愛麗諾說著心想，我會這樣說話嗎？我會說出明天後悔莫及的話嗎？我會讓自己更有罪惡感嗎？「牆上的字拼出了我的名字，你們都不懂那種感受——那感覺好熟悉。」她的手比向他們，幾乎像在懇求。「試著理解，」

她說，「那是我的名字，屬於我的名字，有個東西將它拿去用、拿去寫、用那名字呼喚我，而我自己的名字……」她停了下來，目光掃過大家，甚至望向抬頭看著她的席爾朵拉。「聽著，世上只有一個我，是我唯一擁有的我。我不想看到自己消失、脫離或分裂，讓我只能活在一半的靈魂中，眼睜睜看著另一半的我無助發瘋，身不由主，卻無法阻止，但我知道自己其實不會受傷，但時間感覺過了好久，連一秒都彷彿永無止境，但我可以撐得住，只要我屈服——」

「屈服？」博士厲聲說，愛麗諾瞪大眼睛。

「屈服。」路克重複。

「我不知道。」愛麗諾很困惑。她告訴自己，我只是在一直說話，我剛才在說——我剛才在說什麼？

「她之前就這樣過。」路克對博士說。

「我知道。」博士說，語氣十分嚴肅，愛麗諾感覺大家全看著她。「對不起。」她說。「我是不是又出糗了？可能是因為我累了。」

「沒關係。」博士說，語氣依舊嚴肅。「喝妳手上的白蘭地。」

「白蘭地？」愛麗諾低頭，發現自己拿著白蘭地杯。「我剛才說了什麼？」她問他們。

席爾朵拉輕笑。「喝吧！」她說。「妳必須喝點，我的諾兒。」

愛麗諾乖乖地小口喝著白蘭地，感覺著酒液入口，刺痛發燙，然後她對博士說：「你們全這樣盯著我瞧，我一定說了傻話。」

博士大笑。「別再試著成為焦點了。」

「虛榮。」路克靜靜說。

「非得大家關注妳。」席爾朵拉說，他們臉上掛著憐愛的笑容，全看著愛麗諾。

4

愛麗諾和席爾朵拉坐在各自的床上，手伸到床中間，緊握著彼此，房間冰冷刺骨，四周一片漆黑。隔壁房到昨天早上以前都還是席爾朵拉的房間，此時卻不斷傳來微弱含糊的說話聲，音量太小，聽不清楚，但又持續不斷，所以不可能是幻聽。愛麗諾和席爾朵拉彼此的手都用力握緊，幾乎感受到彼此的骨頭了，她們靜靜聆聽，微小的聲音持續不斷，偶爾那聲音會提高音量，彷彿在含糊強調一個字，有時又壓低聲音，彷彿成了一聲吐息，來來回回，永不停止。接著突如其來，一個微小的竊笑聲響起，打斷了含糊的話語，接著笑聲變大，愈來愈響，一瞬間，突然轉變成痛苦的抽氣聲，然後說話聲又繼續開始。

席爾朵拉的手鬆開，又忽然握緊，愛麗諾原本沉浸在聲音中一會，這時嚇了一跳，並望向黑暗中席爾朵拉該在的地方，然後內心尖叫，「為什麼這麼黑？為什麼這麼黑？」她翻身用雙手握住席爾朵拉的手。她試著說話，卻發不出聲音，於是她盲目抓緊手，全身僵硬，她努力找回理智，試著思考。她告訴自己，我們睡前有留燈，所以為什麼這麼黑？她試著輕喚，席爾朵拉，但她嘴巴動不了。她試著問，席爾朵拉，為什麼這麼黑？而那微弱含糊的說話聲繼續著，持續不斷，還有小聲但明亮的竊笑。她覺得自己如果動也不動，也許能分辨出字句，如果她能動也不動，仔細去聽，專注去聽，聽那聲音不停說下去。她絕望地抓住席爾朵拉的手，感覺手中回應自己的那份重量。

接著竊笑聲又響起，笑聲激動，蓋過了人聲，接著萬籟俱寂。愛麗諾深吸口氣，不知道她能不能說話了，這時她聽到微小輕柔的哭聲，幾乎讓她心碎，那是微小卻無比哀傷的哭聲，是悅耳的微小悲嗚。她簡直不敢置信，那是個孩子，有個孩子在某處哭泣，一想到此，她聽到之前不曾聽到的瘋狂尖叫聲，但她知道自己在噩夢中經常聽到。「走開！」它尖叫。「走開！走開！別傷害我！」接下來又是一陣嚎啕大哭：「拜託，不要傷害我。拜託，讓我回家。」接著又回到悲傷微弱的哭泣聲。

愛麗諾咬牙心想，我受不了了。這太不人道、太殘酷了，他們在傷害孩子，我不會讓任何人傷害孩子，微弱含糊的人聲持續不斷，永不停止，聲音起起伏伏，來來回回。

好，愛麗諾心想，她自己側躺在床上，四周一片漆黑，她雙手緊握著席爾朵拉的手，用力到能感覺到席爾朵拉纖細的指頭，好，我不能容忍這種事。他們想要嚇我。對，他們嚇到我了。我很害怕，但不只如此，我是個人，我是人類，我是個能自由行走，擁有理智，開得起玩笑的人類，這瘋狂噁心屋子的所做之事，我都能承受，但我絕不容許別人傷害孩子，對，我絕對不會袖手旁觀。我發誓我現在絕對會張開嘴，我會大喊，我會、我會大喊。「住手！」她喊了，而她們留的燈都仍亮著，席爾朵拉從床上坐起，頭髮蓬亂，一臉驚恐。

「怎麼了？」席爾朵拉說。「怎麼了，諾兒？怎麼了？」

「天啊、天啊。」愛麗諾說著整個人從床上跳起來，衝到房間另一頭，站在角落不住發抖。「天啊、天啊——我剛才握的是誰的手？」

VI

1

我在學習如何通往人的內心，愛麗諾認真心想，而她也好奇自己為何腦中會想這些事。時間是下午，她坐在涼亭階梯上，和路克曬著太陽。她心想，我在無聲通往人的內心。她知道自己面色蒼白，驚魂未定，雙眼都有黑眼圈，但太陽很溫暖，頭頂上樹葉輕輕搖擺，身旁的路克懶洋洋地靠在階梯上。「路克，」她放慢語氣，擔心自己被嘲笑地說，「人為何會想跟彼此說話？我是說，大家想從彼此身上知道什麼事？」

「那例如，妳想知道我什麼事？」他大笑。她想了想，但為何不問他想知道我什麼事。他真的非常沒內涵——但她也大笑說：「除了眼前所見的你，我還能知道什麼？」她選了最微不足道的「眼前所見」這個詞，但這也是最安全的詞。她真正想問他的也許是，告訴我一件只有我會知道的事，或你會選擇跟我說哪件事，讓我記得你？——或甚至問，只有最寶貴的事，我才會珍惜，你願意向我說嗎？但這時她覺得自己是否又傻了，或太過大膽，只沉溺在自己的思緒中，但路克只盯著手中的葉子，略微皺眉，彷彿全心全意思考著一個發人深省的問題。

她心想，他想斟酌字句，給出個好印象，而我能藉他的答案，知道他怎麼看我。他怎麼會怕在我面前展露自我？他覺得我喜歡一點神祕感？還是他會努力展現自己的獨特性？他會主動獻殷勤嗎？那就太丟臉了，因為那就代表他知道我喜歡別人主動。他會故作神祕嗎？瘋狂？就算不是真的，我該怎麼反應？這一切已是一種信賴。她心想，希望路克會接受我，或至少讓一切曖昧，教我無法分辨。讓他聰明點吧，或讓我變得盲目。她下定決心希望，別讓我肯定他對我的想法。

他望向她一會，露出微笑，她認識他一陣子了，她知道那是他自嘲的笑容。她腦中冒出一個不開心的念頭，席爾朵拉也這麼懂他嗎？

「我從小就沒有母親。」他說完，她無比震驚。這就是他對我的想法嗎？他覺得我希望聽到他這麼說？我聽了會認為這代表自己值得交心嗎？我該嘆氣嗎？含糊回應？還是直接走開？「沒人因為我而愛我。」他說。「我想妳能理解？」

不，她心想，你不能這麼簡單就贏得我的芳心。我不懂空話，不會因此交換我的感情。這人像隻學人話的鸚鵡。我要告訴他我永遠無法理解，光憑脆弱和自憐是無法打動我的。我不會裝傻，容他這般羞辱我。「我理解，對。」她說。

「我就覺得妳懂。」他說，老實說她想賞他一巴掌。「我覺得妳一定是個很好的人，諾兒。」接著他又畫蛇添足說：「好心並誠實。之後妳回家時……」他話只說到一半，她心想，要嘛他要跟我說非常重要的事，或他只是心不在焉在殺時間，等這段對話能優雅結束。他這樣講話一定有他的理由，他不會無故透露自己的心意。他以為表達感情之後，就會讓我瘋狂愛上他嗎？他擔心我不會像小姐一樣矜持嗎？他又知道我什麼？他知道我的想法和感受嗎？他同情我嗎？「戀人相遇便是旅程的終點。」她說。

「對。」他說。「如我所說，我從來沒有母親。我總覺得大家都有我缺少的東西。」他朝她微笑。「我非常自私，」他語帶懊悔，「總希望有人約束我，有人能替我負責，敦促我當個大人。」

她略帶驚訝心想，他確實自私，他是唯一和我單獨說過話的男生，結果我都快沒耐心了。他純粹一點都不有趣。「你幹嘛不自己長大。」她問他，並好奇有多少人（多少女人）問過他這句話。

「妳真聰明。」而他這樣回答多少次了？

她反覆玩味，心裡想，這段對話大多出自本能吧，接著溫柔說：「你一定是個非常孤單的人。」她心想，我唯一希望的是被人珍惜，結果我卻在這裡和一個自私男瞎扯。「你一定非常孤單。」

他碰她的手，再次露出笑容。「妳好幸運。」他告訴她。「妳有母親。」

2

「我在藏書室找到這個。」路克說。「我發誓這是我在藏書室找到的。」

「不可思議。」博士說。

「看。」路克說，他把大書放到桌上，翻到標題頁。「他自己寫的——看，標題用墨水印著：獻給蘇菲亞·安·萊斯特·克雷恩的回憶；這是她人生的教育和啟發所留下的作品，由全心深愛她的父親修伊·戴斯蒙·萊斯特·克雷恩所作；一八八一年六月二十一日。」

他們一起圍到桌邊，席爾朵拉、愛麗諾和博士看路克翻開大書的第一頁。「你們看，」路克說，「看來他女兒要學會謙卑了。他一定剪了不少舊書，才做好這本剪貼簿，因為我認得其中好幾張圖，全都是貼上來的。」

「人類虛榮的成就。」博士難過地表示。「修伊·克雷恩不知拆了多少本書，才做好這本書。這裡有張哥雅的版畫，這給小女孩看真的很糟糕。」

「底下有字，」路克說，「他在這張醜畫底下寫道：『女兒，別讓父母蒙羞，他們是妳的創造者，並為此付出不少，盡力引導孩子保有純真，走上正道，沿著狹窄可怕的道路前往天堂，最後將她虔誠貞潔的靈魂交予上帝。女兒，好好想想天堂的喜悅，小生物的靈魂只要保持天真，堅定信念，都會展翅向上翱翔，將這作為妳一生的責任，盡己所能保持純真。』」

「可憐的孩子。」愛麗諾說，路克翻頁時她大抽了口氣。修伊・克雷恩道德教誨的第二頁是一張五彩繽紛的蛇窩，蛇身顏色鮮明，在書頁上扭動彎曲，上頭整齊印著一段文字，字還鍍了金：「人類永世背負著罪，無論如何流淚、彌補都無法抵銷人類的罪。女兒，小心這個世界，別讓淫邪、不知恩的心汙染了妳。女兒，保護自己。」

「接下來畫面是地獄。」路克說。「心情容易受影響的話，就別看了。」

「那我想跳過，」愛麗諾說，「但內容可以唸給我聽。」

「聰明。」博士說。「福克斯的畫。我一直覺得這個死法非常可怕，但誰又能理解殉道者[20]？」

「但是看這裡，」路克說，「他把頁角燒了，他寫道：『女兒，那群可憐的人被墮入永恆的火焰中，他們的苦痛、尖叫、可怕的哭喊和悔改，妳的耳朵可曾聽

20 福克斯（John Foxe, 1517-15887），英國史學家和新教牧師，最著名的作品為《殉道者之書》，記錄了新教殉道者受迫害的歷史。

到！紅色火焰永恆燃燒荒野，妳的雙眼可曾被灼傷！唉，不幸的人，永無止境的苦痛！女兒，父親紙頁碰到了燭火，脆弱的紙頁在火燒下萎縮捲曲。女兒，燭火的灼熱和地獄永恆之火相比，就好比拿一粒沙對比廣闊的沙漠。如同紙頁受了一丁點火苗而燃燒，而妳的靈魂會在一千倍強的烈焰中永遠燃燒。』」

「我敢說每晚在她睡前他都會唸給她聽。」席爾朵拉說。

「等一下。」路克說。「你們還沒看到天堂——這連妳都能看，諾兒。這是布萊克[21]的畫，我覺得有點嚴肅，但當然比地獄好看多了。聽著——『神聖、神聖、神聖！在天堂純潔之光中，天使不斷歌誦彼此和祂。女兒，我願在這裡看到妳。』」

「真心出於愛的一本書。」博士說。「花好幾小時設計，字體精美，還有鍍金——」

「這裡是七宗罪。」路克說。「我覺得是老頭子自己畫的。」

「他真的很用心在畫暴食。」席爾朵拉說。「我不確定自己能不能再感到飢餓。」

「等著看色慾。」路克告訴她。「老頭子畫得更好。」

「其實我不想再看了。」席爾朵拉說。「我去和諾兒坐，如果你們看到任何道德觀念的啟發，對我有所幫助，請大聲唸出來。」

「這裡畫的是色慾。」路克說。「有哪個女生受這樣求愛過[22]？」

「老天，」博士說，「老天啊。」

「他一定是自己畫的。」路克說。

「畫給小孩看？」博士覺得這不大像話。

「這確實是她個人的剪貼簿，看傲慢這邊，我們的諾兒在這裡。」

「什麼？」愛麗諾說著站起來。

「他在鬧。」博士安撫她。「別來看，親愛的。他在鬧妳。」

「接著是怠惰。」

「嫉妒。」博士說。「可憐的孩子看了怎麼敢違背……」

21 威廉．布萊克（William Blake, 1757-1827），英國著名畫家和詩人，浪漫時代詩歌的代表人物。

22 出自莎士比亞《理查三世》第一幕第二景。

「最後一頁我覺得畫得最好。兩位小姐，這是修伊．克雷恩的血。諾兒，妳想看修伊．克雷恩的血嗎？」

「不用，謝謝你。」

「席爾朵拉？不要嗎？總之，為了妳們的良知，我一定要唸完本書最後修伊．克雷恩的話：『女兒：神聖的契約會以血簽名，我從手腕取下了生命之泉，以此來約束妳。願妳端正品行，保持溫柔謙和，對救世主和妳的父親保持信念，我向妳發誓，我們此後會在天堂結合。接受父親虔誠的觀念，他秉持謙卑的心製作了本書。願這本書能達教誨之效，這只是我盡一己微薄之力，希望能保護我的孩子不會落入世界的淵藪，讓她能安全抵達父親在天堂的懷抱。』他簽名寫道：『在人世和天堂都永遠愛妳的父親，我是妳的創造者，也是妳品德的守護者。在此獻上最卑微的愛，修伊．克雷恩。』」

席爾朵拉打個寒顫。「他一定樂在其中，」她說，「用自己的血簽名，我彷彿看到他仰頭大笑。」

「不健康，這看來完全不像身心健康的人會做的事。」博士說。

「但她父親離開家時，她年紀一定還非常小。」愛麗諾說。「不知道他有沒有唸給她聽過。」

「我相信有，彎身在她搖籃前，吐出一字一句，讓字句在她小小的心靈扎根。修伊・克雷恩，」席爾朵拉說，「你這個噁心的老男人，打造了一間噁心的老房子。不管你在哪，我希望你仍聽得到我，我想當面跟你說，我真心希望你在那噁心恐怖的畫作裡度過永恆，全身燃燒，烈火一刻也無法熄滅。」她朝客廳四周比了個瘋狂嘲諷的手勢，一時間，大家都仍在消化，所以眾人一片沉默，彷彿等待著回應，這時壁爐的炭咔啦一聲垮下，博士看了看錶，路克起身。

「該來喝個早茶了。」博士開心地說。

3

席爾朵拉蜷曲在壁爐旁，不懷好意看著愛麗諾。房間另一邊棋子輕輕移動，劃過桌面，傳出刺耳的聲音，席爾朵拉故意挖苦，柔聲說：「妳願意讓他去妳的小公寓嗎，諾兒？讓他用妳的星星杯喝東西？」

愛麗諾望著火焰，不答腔。她心想，我好傻，我是個傻瓜。

「那裡夠兩人住嗎？如果妳邀請他，他會去嗎？」

愛麗諾心想，沒有比這更慘的了。我真是傻瓜。

「也許他渴望有個小巧的家——當然是比希爾山莊更小。也許他會跟妳回家。」

傻瓜，愚蠢可笑的傻瓜。

「去看妳的白窗簾——妳的小石獅——」

愛麗諾低頭看她，可說十分溫柔。「我要走了。」她說著起身，茫然轉身離去。她聽不到身後錯愕的聲音，看不到自己要去哪，也不知怎麼離開，她跌跌撞撞設法來到巨大前門，闖入溫暖的夜。「我要走了。」她對外頭世界說。

恐懼和罪惡感是姊妹。席爾朵拉在草坪追上她。她們沉默、憤怒傷心，肩並肩一起走出希爾山莊，兩人對彼此都感到抱歉。人生氣、大笑、害怕或嫉妒時，往往會做出當下才會有的極端行為。天黑後走出希爾山莊有多不明智，愛麗諾和席爾朵拉絲毫不察。兩人一心沉浸在自己的難以宣洩的情緒中，不得不逃入黑暗中，為自己裹上憤怒大衣，感覺那份緊繃、脆弱和難受。她們一起大步向前，對彼此在意得要命，卻決心等對方先開口。

愛麗諾終於先開口了。她腳踢到了石頭，原本愛面子，不想去管，但過一分鐘，她實在腳痛難耐，她聲音緊繃，語氣努力維持平心靜氣：「我不懂妳為何覺得自己有權干涉我的感情。」她用詞正式，避免一股腦的指責和謾罵（她們是陌生人？還是堂姊妹？）。「我相信我的事妳都沒興趣。」

「沒錯。」席爾朵拉板著臉說。「妳的事我都沒興趣。」

愛麗諾心想，我們像走在欄杆兩側，但我也有權利生活，我和路克在涼亭浪費一小時，就是為了努力證明這點。「我腳踢到石頭了。」她說。

「對不起。」席爾朵拉聽起來真心感到難過。「妳知道他這人多野蠻。」她猶豫了一下。「他是個玩咖。」她終於說，語氣略帶俏皮。

「我認為他是什麼都不重要。」然後因為這是女人在吵架。「反正別講得好像妳有多在意。」

「他不該都不用負責。」席爾朵拉說。

「負什麼責？」愛麗諾故意問。

「害妳一廂情願。」席爾朵拉說。

「假如不是我一廂情願呢？如果這次妳錯了，妳心裡會很愧疚，對不對？」

席爾朵拉語氣厭倦，酸溜溜的。「如果我錯了，」她說，「我會發自內心祝福妳。畢竟妳這麼蠢。」

「妳也說不出什麼好話。」

他們沿著小徑走向溪邊。黑暗中，她們一步步感到自己朝著下坡走，並默默在內心控訴對方，竟然故意走上這條她們之前一起快樂相伴的路。

「總之，」愛麗諾用理智的語氣說，「不管發生什麼事，對妳而言都沒意義。我是不是一廂情願，妳幹嘛在乎？」

席爾朵拉在黑暗中走著，沉默半晌。雖然沒見著，但愛麗諾心裡突然冒出個荒謬的感覺，覺得席爾朵拉剛才想伸手碰她。「席爾朵拉，」愛麗諾笨拙地說，「我不擅長與人說話和談事情。」

席爾朵拉大笑。「那妳擅長什麼？」她追問。「逃跑嗎？」

兩人還沒說出無法挽回的話，每句話都踩在安全的邊界。她們面前有個顯而易見的問題，兩人卻都小心翼翼地繞著圈子，因為一旦說出口，這問題（例如「妳愛我嗎？」）可能永遠無法回答或忘懷。她們緩緩向前，靜靜沉思好奇，肩並肩齊心期待。她們不再假裝和猶豫，只被動等著一切獲得解決。兩人在吐息之間都知道彼此在想什麼，想說什麼，也差點為對方哭泣。但這時，她們同時察覺到小徑變了，也同時察覺彼此都有發現。席爾朵拉伸手勾住愛麗諾的手臂，她們不敢停下腳步，於是兩人繼續慢慢向前，緊貼著彼此，她們前方的路變寬，變得更黑，並開始彎曲。

愛麗諾深吸口氣，席爾朵拉手抓緊她，警告她安靜。她們兩邊的樹木默默放棄了原有的黑色，變得一片慘白，黑暗的天空下，樹林顯得透明陰森，如死灰一般。草地也失去色彩，小徑變得寬大漆黑，面前空蕩蕩的。愛麗諾牙齒打顫，她害怕到幾乎彎身嘔吐，她的手臂不停發抖，席爾朵拉握著她的手臂，力量大到可說是扣著她了。愛麗諾感覺她們緩緩的每一步都是意志力，像是瘋狂的執念，把一步接著另一步視為唯一合理的選擇。她死命瞪著小徑上刺眼的黑和樹木駭人的白，瞪到眼睛都流出淚來，她想到「燃燒」兩字，腦中也清楚浮現出燃燒的畫面。我現在真的好害怕。

她們繼續向前，路一點一滴鋪展在面前，兩旁蒼白的樹木不斷延伸，頭頂籠罩著烏黑的天空。他們腳下踏過的路都隱約化為白色。席爾朵拉勾在手臂的手無比蒼白，彷彿發著光。前方的路徑轉出視線之外，她們慢步向前，精準踏著步伐，因為這是她們此時唯一能做出的動作，也是唯一的希望，以免她們落入可怕黑白的邪惡的光芒之中。愛麗諾的思緒像團團火焰般冒出，我現在真的好害怕。她依稀感到席爾朵拉的手仍在自己手臂上，但席爾朵拉離她好遠，彷彿被監禁在別的地方。溫度驟降，四周變得刺骨難耐，附近沒有一絲人類的溫度。愛麗諾心想，我現在真的好害怕，她不只因為腳步在發抖，也因為無情的寒冷而發抖。

路不斷延伸。由於兩人都無法離開這條路，只能自願走入一片慘白又死寂的原野，也許這條路正刻意帶領著她們前往某個地方。黑色的道路蜿蜒，閃閃發光，她們循著路向前。席爾朵拉的手忽然握緊，愛麗諾嗚咽地吸口氣——前方有東西在動，有東西比慘白的樹木更白，在招手嗎？招手完，退入樹林中，默默觀察嗎？她們身旁有動靜嗎？夜裡明明一片寂靜，她們卻無法察覺嗎？蒼白的草坪上，有隱形的腳步跟著她們嗎？她們究竟在哪裡？

小徑帶她們來到盡頭，腳下的路已然中斷。愛麗諾和席爾朵拉望向一座花園，面對刺眼的陽光，四周五彩繽紛，不可思議的是，花園草地上有人在野餐。她們聽到孩子的笑聲，和父母親愉快又充滿感情的聲音。綠草如茵，紅花、橙花和黃花處處綻放，天空湛藍，散發金黃色光芒，一個孩子穿著紅色毛衣，笑著提高聲音，跌跌撞撞追著小狗跑過草地。地上有個格紋的桌巾，母親露出笑容，彎身拿起盛著鮮豔水果的盤子。這時席爾朵拉尖叫。

「別回頭。」她大喊，聲音全是恐懼。「別回頭——別看——快跑！」

愛麗諾不知道自己為何而跑，但她跑了起來，她以為自己會被格子桌巾絆到腳，她擔心自己會踢到小狗，但她們跑過花園時，面前只有在黑暗中生長的灰暗雜草，席爾朵拉仍在尖叫，她踩過剛才還長著鮮花的灌木叢，被一塊突出地面的石頭和可能是破杯的東西絆了一下，她嚇得痛哭失聲。等她們回過神來，已在敲打和瘋狂抓著一面白石牆，牆上長滿黑色藤蔓，她們仍在尖叫，並哀求對方讓自己出去，後來一道生鏽的鐵柵門終於鬆開，她們大口抽著氣，設法牽起手，哭著向前奔跑，越過希爾山莊的蔬果園，衝進廚房後門，路克和博士應聲趕來。「怎麼了？」路克抓住席爾朵拉說。「妳們沒事吧？」

「我們差點瘋掉。」博士精疲力盡說。「我們出去找妳們好幾個小時。」

「野餐。」愛麗諾說。她倒到廚椅上，低頭看著雙手，她的手上全是刮痕，流滿鮮血，並不由自主發抖。「我們試著逃出來。」她告訴他們，雙手伸出給他們看。「有個野餐。小孩……」

席爾朵拉在哭泣聲中大笑，一次次輕聲笑著，並擠出話來：「我回頭——我望向我們身後……」然後她繼續笑。

「孩子……還有一隻小狗……」

「愛麗諾。」席爾朵拉突然轉身，頭靠著愛麗諾。「愛麗諾。」她說。「愛麗諾。」

愛麗諾抱著席爾朵拉，她抬頭看向路克和博士，感覺廚房在劇烈搖晃，而時間，她一直都熟知的時間，輒然停下。

VII

1

蒙塔古太太要來的那天下午，愛麗諾獨自走向了希爾山莊上方的山丘，她心中其實沒有任何目的地，甚至不在乎她的方向，她只想離開鋪著沉重黑木壁板的山莊獨處。她找到一塊柔軟乾燥的草地，躺了下來，並好奇著自己有多少年沒有躺在柔軟的草地上單獨思考了。自然萬物散發著古怪有禮的氣氛，彷彿它們突然中斷了無止境的生長和死亡，她身旁的樹木和野花紛紛將注意力轉向她，雖然她個性無趣，又不懂得察顏觀色，它們依然必須溫柔對待這個不幸的生物，她無法在土地扎根，被迫飄流四方，教人心碎。無所事事的愛麗諾摘了一朵野雛菊，花在她手中死去，她躺在草地上，看著花朵死去的容顏，腦中只感到一股瘋狂、難以抑制的喜悅。她摸著雛菊，會心一笑，並心想，我要怎麼辦？我要怎麼辦？

2

「把行李搬到大廳，亞瑟。」蒙塔古太太說。「你覺得有人會來幫我們頂住門嗎？他們要有人幫忙把行李搬上樓吧。約翰人呢？約翰？」

「親愛的、親愛的。」蒙塔古博士趕到大廳，手裡還拿著餐巾，他見她妻子臉頰湊過來，便乖乖親了她。「真高興妳來了，我們還以為妳不來了。」

「我說過我今天會到，不是嗎？我就說我會到了，你見過我食言嗎？亞瑟也來了。」

「亞瑟。」博士毫無熱情回答。

「唉，總要有人負責開車嘛。」蒙塔古太太說。「你該不會要我自己一路開車到這裡吧？你明知道我會累。你們好。」

博士轉身，朝他們微笑，愛麗諾、席爾朵拉和身後的路克不知所措聚在門口。「親愛的，」他說，「這是過去幾天，和我一起住在希爾山莊的朋友。席爾朵拉、愛麗諾．凡斯和路克．桑德森。」

席爾朵拉、愛麗諾和路克喃喃客氣地問好，蒙塔古太太點點頭說：「我發現你們沒等我們就吃晚餐了。」

「我們以為妳不來了。」博士說。

「我相信我告訴過你，我今天會來這裡。當然，完全可能是我誤會了，但就我記得，我說過我今天會到。我相信我很快會認識大家的名字。這位男士是亞瑟．帕克。他開車載我來，因為我討厭自己開車。亞瑟，這些人是約翰的朋友。有人能幫忙拿行李嗎？」

博士和路克上前，嘴裡喃喃回應，蒙塔古太太繼續說：「當然，我要住你們鬧鬼最凶的房間。亞瑟住哪都行。藍色行李箱是我的，年輕人，還有小公事箱。那些要拿到鬧鬼最凶的房間。」

「我想拿去育兒房吧。」路克用眼神徵詢蒙塔古博士的意見時，博士開口。

「我相信育兒房是騷動的來源之一。」他跟妻子說，她不耐煩地嘆口氣。

「我覺得你可以更有方法一點。」她說。「你來這裡快一週了吧，我想你根本沒用乩板？自動書寫？我想這兩個年輕女生沒有通靈的天賦吧？那個是亞瑟的行李。他帶了高爾夫球桿，以防萬一。」

「以防萬一什麼？」席爾朵拉茫然問道，蒙塔古太太轉頭冷冷地望著她。

「別讓我打斷妳們的晚餐。」她最後說。

「育兒房門外有個確定的冰冷處。」博士期待地告訴妻子。

「好，親愛的，非常好。年輕人能把亞瑟的行李拿上樓嗎？你看起來確實有點一頭霧水，對不對？都快一週了，我真以為事情都已經水落石出。有任何鬼魅現形嗎？」

「有過幾次明顯的靈異現象——」

「好，反正我現在來了，我們會把事情搞清楚。亞瑟要把車停在哪？」

「屋子後面有個空馬廄，我們都把車停那。他可以等早上再開過去。」

「在說什麼啊？約翰，你明明知道我不想拖拖拉拉的。亞瑟早上有許多事要忙，還不算今晚的事。他現在就要去停車。」

「現在外頭天都黑了。」博士遲疑地說。

「約翰，你真令我驚訝。你覺得我不知道晚上外頭天是黑的嗎？車子有車燈啊，約翰，年輕人可以陪亞瑟一起去，負責帶路。」

「謝謝妳，」路克板著臉說，「但我們有訂規則，天黑不能到外頭。如果亞瑟想的話，他當然可以去停車，但我不要。」

「這幾位年輕的小姐……」博士說，「之前經歷一段可怕——」

「那年輕人是孬種。」亞瑟說。他搬完了行李箱、高爾夫球袋和置物籃，現在站到蒙塔古太太旁邊，低頭看著路克。亞瑟面色紅潤，一頭白髮，現在一臉輕蔑，對路克發難。「小子，在小姐面前，你應該感到丟臉。」

「小姐和我一樣害怕。」路克一本正經說。

「是啊，是啊。」蒙塔古博士手放到亞瑟手臂安撫他。「你們在這裡住一陣子，亞瑟，你會理解路克的態度非但不孬，反而合情合理。我們決定天黑後要待在一起。」

「我不得不說，約翰，我從沒想過會看到你這麼緊張。」蒙塔古太太說。「做這種事最不能害怕。」她煩躁地點著腳。「你心知肚明，約翰，另一個世界的人會期待看到我們快樂，面露笑容。他們想知道我們對他們充滿感情。住在這屋子的靈魂可能因為知道你怕他們，而感到心如刀割。」

「我們可以晚點再聊。」博士疲倦地說。「好，先來吃晚餐怎麼樣？」

「當然好。」蒙塔古太太望向席爾朵拉和愛麗諾。「真抱歉我們不得不打斷你們用餐。」她說。

「你們吃過了嗎？」

「我們當然沒吃過，約翰。我說過我們會來吃晚餐，對不對？還是我又誤會了？」

「總之，我有告訴達德利太太妳會來。」博士說，他打開門，進到遊戲房和餐廳。「她替我們做了一桌豐盛的菜。」

愛麗諾心想，可憐的蒙塔古博士，她站到一旁，讓博士帶妻子進到餐廳。他好不自在，我好奇她會在這裡住多久。

「不知道她會住多久？」席爾朵拉向她耳語。

「也許她的行李箱內全是靈氣。」愛麗諾期待地說。

「你們打算住多久？」蒙塔古博士問，他坐在餐桌主位，妻子舒服安坐在他身旁。

「噢，親愛的。」蒙塔古太太說，她有條不紊地品嘗達德利太太的酸豆醬。「——你們找到一個好廚師，對不對？——你知道亞瑟必須回學校。亞瑟是校長。」她向桌前的大家解釋。「而且他很熱心，他還取消了週一的課。所以我們最好週一下午離開，亞瑟週二才來得及回去上課。」

「看來亞瑟拋下了許多快樂的學生。」路克輕聲對席爾朵拉說，而席爾朵拉說：「而今天還只是週六。」

「這菜多吃幾天我不介意。」蒙塔古太太說。「約翰，我早上會跟你們的廚師聊聊。」

「達德利太太是個很厲害的女人。」博士小心翼翼說。

「我覺得味道有點複雜。」亞瑟說。「我自己的口味比較簡單。」他向席爾朵拉解釋。「我不菸不酒，不讀垃圾。那對學校的小夥子來說會是壞榜樣。他們會有樣學樣。」

「我相信他們一定都拿你當榜樣。」席爾朵拉冷靜地說。

「偶爾還是會逮到壞學生。」亞瑟搖搖頭說。「對運動沒興趣。在角落悶悶不樂的，哭哭啼啼的。要趁早把那性子糾正起來。」他伸手去拿奶油。

蒙塔古太太身子向前，望向亞瑟。「少吃一點，亞瑟。」她建議。「我們今晚會很忙。」

「你們到底想做什麼？」博士問。

「我相信你壓根都沒想過，做這種事要有系統，但你必須承認，約翰，我在這個領域天生的直覺很準。女人都是如此，約翰，至少有的女人是如此。」她頓了頓，打量了愛麗諾和席爾朵拉。「我敢說她們兩個沒有。當然，除非我又錯了？你很喜歡指出我的錯誤，約翰。」

「親愛的——」

「我做事不容許打馬虎眼。當然，亞瑟會負責巡邏。我帶亞瑟來就是這個緣故。」她向坐在對面的路克解釋。「從事教育工作的人，很少對另一個世界有興趣。你們會發現亞瑟對這方面意外了解。我會躺在你們鬧鬼最凶的房間，只點一盞夜燈，並努力和這屋子的靈魂聯繫。當四周有不安的靈魂時，我從不睡覺。」她告訴路克，路克點點頭，無言以對。

「有用的小常識。」亞瑟說。「方法要用對。半吊子永遠不會有效果。我常跟學生這麼說。」

「我想也許晚餐後，我們先用乩板來試一輪。」蒙塔古太太說。「當然，就我和亞瑟就好。我看得出來，你們其他人還沒準備好。你們只會嚇跑靈魂。我們需要一間安靜的房間——」

「藏書室。」路克有禮地建議。

「藏書室？我想那裡應該可以。書本常是非常好的媒介。鬼在有書的房間通常最容易現形。我不記得歷史上有鬼因為書本的關係而無法現形。我想藏書室有打掃吧？亞瑟有時會打噴嚏。」

「達德利太太將整間屋子整理得很乾淨。」博士說。

「我早上真的會和達德利太太聊聊。那你們跟我們說藏書室在哪，約翰和年輕人去把我的公事箱拿下來。記得，不是大的行李箱，我是指小的公事箱。拿到藏書室來找我。我們會晚點去找你們，這一輪乩板通靈之後，我需要喝杯牛奶，可能吃個蛋糕。餅乾也可以，只要上頭鹽不多的話。和友善的人安靜聊幾分鐘也非常有幫助，尤其我晚上要接收靈氣。大腦是個精密的器官，要小心照顧。亞瑟？」她遠遠朝愛麗諾和席爾朵拉點點頭離開了。亞瑟、路克和她丈夫也隨著她走出門。

過一會之後，席爾朵拉說：「我覺得我會為蒙塔古太太瘋狂。」

「我不知道，」愛麗諾說，「亞瑟比較合我胃口。而且路克確實是個孬種，我想。」

「可憐的路克。」席爾朵拉說。「他一直沒有母親。」愛麗諾抬頭，發現席爾朵拉看著她，臉上露出心照不宣的微笑，她急忙從桌前退開，飲料都灑了。

「我們不該獨處。」她莫名有點喘不過氣。「我們必須去找其他人。」她轉身離開餐桌前，幾乎是跑進另一個房間，席爾朵拉追著她，大笑跑過走廊，進到小客廳，路克和博士站在壁爐前。

「不好意思，先生，」路克溫和地說，「這所謂的乩板是哪位啊？」

博士煩躁地嘆口氣。「白痴。」他說，然後又說：「對不起。這整件事都讓我很煩，但如果她喜歡……」他轉身，生氣地撥著火。過一會，他繼續說：「乩板是類似通靈板的東西，可能我這樣解釋比較好，它是自動書寫的一種方式。是和──唉──無形事物溝通的方法，但對我來說，唯一用那種東西聯絡到的無形事物都來自使用者的想像。沒錯。唉，乩板是一塊輕巧的木頭，通常呈心形或三角形。尖端會有鉛筆，另一端則會有滑輪，或能輕易滑過紙張的腳。兩人只要將手指放到上頭，問出問題，乩板便會開始移動寫下回答，至於那是誰的力量在驅動，我們暫且不討論。如我所說，通靈板非常類似，只是板子上的東西會指向板子上的字母。用尋常的酒杯也可以，我還看過有人用玩具汽車，但我不得不說，那看起來很蠢。每人伸出一根手指摸著乩板，並以另一隻手記下問題和答案。我覺得答案無一例外，毫無意義，但當然我妻子不以為然。簡直全是鬼扯。」他又撥了撥火爐。「女學生的把戲。」他說。「迷信。」

3

「乩板今晚非常配合。」蒙塔古太太說。「約翰，這屋子絕對有外來的存在。」

「這次收獲真的豐富。」亞瑟說。他拿著一疊紙，得意地揮舞。

「我們替你取得許多資訊。」蒙塔古太太說。「好。像乩板很堅持提到有個修女。你知道任何跟修女有關的事嗎，約翰？」

「在希爾山莊？不大可能。」

「乩板強烈感覺到有個修女，約翰。也許是類似的——甚至是黑暗、模糊的角色——曾出現在社區的？半夜逃回家時村民會害怕的對象？」

「修女是非常常見的形象——」

「約翰，拜託你聽我說。我想你在暗示我錯了。或也許你是想說，乩板可能錯了？我向你保證——就算你不相信我，你也一定要相信乩板——它多次強調有個修女。」

「我只是想說，親愛的，修女復仇是最常見的故事形式。希爾山莊從來沒有發生類似的事件，但幾乎在每個——」

「約翰，拜託你聽我說。我想我可以繼續解釋吧？還是乩板的事你連聽都不聽，就想算了？感謝你。」蒙塔古太太冷靜下來。「好，那麼，還有個名字，拼法有許多種，像海倫、赫蓮娜或愛麗娜。可能是誰？」

「親愛的，許多人住過——」

「海倫警告我們有個神祕的修士。當修士和修女同時出現在一間屋子——」

「這屋子大概是建在古老的遺址上。」亞瑟說。「影響力十分強。古老的影響力持續存在。」他進一步解釋。

「聽起來非常像神聖的誓言被打破了，對不對？非常像。」

「以前常有這種事。可能是禁不起誘惑。」

「我覺得不是——」博士開口。

「我敢說她被活埋在牆裡。」蒙塔古太太說。「我是指那修女。他們以前經常這麼做。我從活埋在牆中的修女身上得到許多訊息，你們絕對難以想像。」

「這裡沒有任何記錄顯示有任何修女曾被——」

「約翰。我可能得再向你說一次，我親自接收到被活埋在牆裡的修女的訊息嗎？你覺得我在說謊嗎，約翰？還是你覺得修女會故意假裝自己被活埋？所以我是不是又錯了，約翰？」

「當然不是，親愛的。」蒙塔古博士疲倦地嘆氣。

「只有一根蠟燭和一塊麵包。」亞瑟告訴席爾朵拉。「仔細想的話，這事非常恐怖。」

「沒有修女曾被活埋。」博士不高興地說。他稍微提高聲音。「那是傳說或一段故事，流傳民間的謠言——」

「好嘛，約翰。我們不要吵架。你想相信什麼都可以。但你要了解，有時不能只採信純物質的觀點，必須尊重事實。現在已經證明了，在這鬧鬼的屋子裡顯靈的包括一個修女和——」

「還有什麼？」路克急切地問。「我非常有興趣，想聽——嗯——乩板說了什麼。」

蒙塔古太太調皮地晃著一根手指。「沒有關於你的事，年輕人。但現場的小姐可能會有興趣。」

愛麗諾心想，這女的不可理喻。她不可理喻、粗俗，還有強烈的占有欲。「總之，」蒙塔古太太繼續說，「海倫希望我們去找地窖裡的古井。」

「別告訴我海倫被活埋了。」博士說。

「我覺得不是，約翰。若我相信她是的話會特別提到。其實，海倫對於我們會在井裡找到的東西說得特別模糊。但我不覺得是寶藏。畢竟在這種事裡，很少會找到真正的寶藏。比較可能是失蹤修女的證據。」

「比較可能是八十年前的垃圾。」

「約翰，在所有人裡，我真心不懂你為何總是懷疑東、懷疑西的。畢竟你來到這屋子是為了收集靈異活動的證據，現在我提供事因的完整紀錄，還有該從哪調查的線索，你卻完全不當一回事。」

「我們無權挖地窖。」

「亞瑟可以——」蒙塔古太太期待地說，但博士堅決表示：「不行。我簽的契約明確禁止我亂動房子。不能挖地窖，不能拆木牆，不能掀開木地板。希爾山莊仍是有價資產，我們是學生，不是來搞破壞的。」

「我以為你想知道真相，約翰。」

「我沒什麼想再知道的。」蒙塔古博士踱步走過房間，走到棋盤旁，拿起一枚騎士的棋子氣呼呼地看著。他看起來在固執地數到一百。

「老天，有時人真的要很有耐心啊。」蒙塔古太太嘆氣。「但我想把我們最後接收到的一小段訊息唸給你們聽。亞瑟，在你那嗎？」

亞瑟翻了翻手裡的紙頁。「就在要你未來寄花給姑姑的訊息後面。」蒙塔古太太說。「乩板有個傳訊的人叫梅里戈。」她解釋。「梅里戈對亞瑟特別有興趣，並從親戚那替他打聽了點消息。」

「姑姑的病不會致命。」亞瑟嚴肅地說。「當然，花還是得送一下，但梅里戈很確定。」

「好了。」蒙塔古太太拿起好幾頁，快速翻過，上面都是鬆散隨意亂畫的鉛筆字，蒙塔古太太皺眉，用手指一頁頁翻著。「這裡。」她說。「亞瑟你讀問題，我讀答案。這樣聽起來比較自然。」

「開始吧。」亞瑟愉快地說，並靠到蒙塔古太太肩膀。「好——我看看——從這裡開始？」

「從『你是誰？』」

「對。你是誰？」

「諾兒。」蒙塔古太太用她尖銳的聲音讀。愛麗諾、席爾朵拉、路克和博士轉頭，仔細去聽。

「全名是？」

「愛麗諾、諾莉、諾兒、諾兒。他們有時會這樣。」蒙塔古太太解釋。「他們會重覆同一個字，直到自己拼對。」

亞瑟清了清喉嚨。「你想要什麼？」他讀。

「回家。」

「你想要回家？」席爾朵拉朝愛麗諾聳聳肩，動作十分滑稽。

「想要在家。」

「你在這裡幹嘛？」

「等待。」

「等待什麼？」

「回家。」亞瑟停了下來，意味深長地點頭。「又來了。」他說。「喜歡一個詞，一次次重複說出口。」

「通常我們絕不會問為什麼，」蒙塔古太太說，「因為這會讓乩板混亂。但這次我們比較大膽，直接了當的問了。亞瑟？」

「為什麼？」亞瑟又開始讀。

「母親。」蒙塔古太太讀。「所以你們看，這次我們問對了，因為乩板給出完美的答案。」

「希爾山莊是你的家嗎？」亞瑟語氣平靜讀著。

「回家。」蒙塔古太太回答，博士嘆了口氣。

「你感到痛苦嗎？」亞瑟讀。

「這裡沒回答。」蒙塔古太太點點頭，十分確定。「有時他們不喜歡承認受苦。這會讓留在人世間的人害怕。例如像亞瑟的姑姑，她絕不會透露自己生病了，但梅里戈總會讓我們知道，他們不說的話，情況通常更糟。」

「默默忍受。」亞瑟附和，並繼續讀：「我們能幫助你嗎？」

「不行。」蒙塔古太太讀。

「我們能為你做任何事嗎？」

「不行。迷失、迷失、迷失。」蒙塔古太太抬頭。「看到了嗎？」她問。「一個詞，一次次重複。他們喜歡重述。我有時一個詞會寫滿整張紙。」

「你想要什麼？」亞瑟讀。

「母親。」蒙塔古太太回答。

「為什麼？」

「小孩。」

「你母親在哪？」

「家。」

「你家在哪？」

「迷失、迷失、迷失。」蒙塔古太太說著將紙俐落地摺起。「在這之後只剩下胡言亂語了。」

「乩板不曾這麼順利。」亞瑟向席爾朵拉透露。「其實是滿特別的體驗。」

「但為什麼要找諾兒的碴？」席爾朵拉問，十分氣惱。「你們的蠢乩板沒資格未經允許傳訊息給別人或——」

「你冒犯乩板，絕不會得到好結果。」亞瑟開口，但蒙塔古太太打斷他，轉身去看愛麗諾。「妳是諾兒？」她問道，並轉向席爾朵拉。「我們以為妳才是諾兒。」她說。

「所以呢？」席爾朵拉粗魯地回答。

「當然，這不會影響這訊息。」蒙塔古太太說，並煩躁地點著紙頁。「雖然我想我們的確有正式認識過，我也相信乩板知道妳們倆是誰，但我確實不喜歡被誤導。」

「別覺得被冷落了。」路克對席爾朵拉說。「我們會把妳活埋。」

「我從那東西收到訊息的話，」席爾朵拉說，「我期待是關於寶藏的事。最好不是什麼寄花給姑姑的鬼話。」

愛麗諾心想，他們全都小心翼翼避開目光不看我。我又被挑出來了，他們很好心，假裝這沒什麼。「你們為何覺得那些話全是給我的？」她無助地問。

「說真的，孩子。」蒙塔古太太說，她將紙放到矮桌上。「我不知該從何說起。不過妳已經不是孩子了，對不對？也許妳比自己所想的還更能接受靈界的訊息，不過——」她冷漠地轉開身子。「妳待在這屋子一週，怎麼可能沒感受到靈界最單純的訊息……火要撥一下。」

「諾兒不想收到靈界的訊息。」席爾朵拉安撫說，並走過去牽起愛麗諾冰冷的手。「諾兒想去溫暖的床上小睡一下。」

安寧，愛麗諾心裡非常確定。我在這世上最想要的是安寧，我想要一個安靜的地方，讓我躺下來思考；一個安靜的地方，遍地花朵，讓我在那裡做夢，向自己述說美好的故事。

4

「我啊，」亞瑟深沉地說，「會住在育兒房這側的小房間，有人一叫我就聽得到。我會隨身配著左輪手槍——各位小姐，別擔心。我槍法很準——我還有手電筒，再加上最刺耳的口哨。我看到值得注意的事物，或我需要——嗯——陪伴的話，我鐵定能馬上出聲召喚各位。你們都能安心睡覺，我向你們保證。」

「亞瑟，」蒙塔古太太解釋，「他會巡邏屋子。每小時定時巡邏，他會負責巡邏樓上的房間。我想他今晚不需要去巡樓下了，因為我會在樓上。我們之前就這麼做過，好幾次了。來吧，大家。」大家默默跟著她走上樓梯，看著她的手熱情地輕拍著樓梯欄杆和牆上的雕飾。「這真是幸運，」她馬上說，「知道這屋子的靈魂都在等待機會，迫不及待想述說他們的故事，並從悲傷之中解放。好了，亞瑟首先會檢查每間房間。亞瑟？」

「不好意思了，小姐，不好意思。」亞瑟說著打開藍色房，那是愛麗諾和席爾朵拉的房間。「這房間真整齊。」他裝模作樣地說。「住了兩個可愛的小姐。方便的話，請容我看一下衣櫥和床底，妳們就不用擔心了。」她們面無表情看亞瑟四肢著地，檢查床底，然後起身拍拍雙手。「非常安全。」他說。

「好，我要住哪？」蒙塔古太太問。「那年輕人把我的行李放哪了？」

「走廊直走最後一間。」博士說。「我們叫那房間育兒房。」

蒙塔古太太跟著亞瑟，毫不猶豫地走過走廊，經過冰冷處，打個寒顫。「我需要多幾條毯子。」她說。「叫那年輕人替我去其他房間多拿幾條毯子來。」她打開育兒房，點點頭說：「不得不說，床看起來挺乾淨的，但這房間有通風過嗎？」

「我有跟達德利太太說。」博士說。

「聞起來都是霉味。亞瑟，雖然很冷，但你打開那窗戶。」

育兒房牆上的動物目光無神，俯瞰著蒙塔古太太。「妳確定……」博士猶豫了，他害怕地抬頭看著育兒房門上的兩張笑臉。「我在想妳要不要找個伴來陪妳。」他說。

「親愛的，」蒙塔古太太知道靈界的人在場，心情愉快，所以她覺得他這句話很好笑。「我有多少次——有多少小時——一個人坐在房中，感受著最純淨的愛和理解，卻不曾感到孤單？親愛的，我要怎麼才能讓你理解，這裡只有愛、同情和理解，根本沒有危險？我是來幫助這些不幸的靈魂——我是來這裡伸出誠摯的手，表達關愛，讓他們知道世上仍有人記得他們，願意聆聽並為他們哭泣。他們寂寞的日子結束了，而我——」

「對，」博士說，「但把門開著。」

「如果你堅持的話，我不鎖就是了。」蒙塔古太太一副大發慈悲的樣子。

「我就在走廊那一頭，」博士說，「我沒辦法巡邏，因為那是亞瑟的工作，但如果妳需要什麼，儘管開口。」

蒙塔古太太大笑，朝他揮手。「比起我，這些人更需要你的保護。」她說。「當然，我會盡我所能。但他們真的非常脆弱，畢竟他們沒有同情心，對一切視若無睹。」

亞瑟檢查完二樓其他房間回來，路克跟在後頭，一臉好笑。亞瑟精神飽滿，朝博士點點頭。「全都沒問題。」他說。「你們現在可以安全就寢。」

「謝謝你。」博士冷靜地向他說，然後對妻子說：「晚安，請小心。」

「晚安。」蒙塔古太太說，並朝所有人微笑。「請別害怕。」她說。「不論發生什麼事，記得我在這裡。」

「晚安。」席爾朵拉說。「晚安。」路克說。接著他們身後的亞瑟向他們保證，他們能安靜休息，不需擔心是否聽到槍聲，他半夜會開始第一輪巡邏。愛麗諾和席爾朵拉進房間，路克繼續沿著走廊回房。過一會，博士不情願地從妻子關上的房門口轉身，跟了過去。

「等一下。」席爾朵拉一進到房間便對愛麗諾說。「路克說他們要我們去走廊那頭。不要換衣服，偷偷過去。」她將門打開一條縫，回頭說。「我發誓那老太婆所說的完美的愛會害這屋子炸了。要說完美的愛在哪沒用，那肯定是希爾山莊。好，亞瑟關門了。快，小聲點。」

她們穿著褲襪，沒發出一丁點聲音，靜靜走過走廊地毯，來到博士的房間。

「快。」博士說，他將門稍微打開，讓她們進門。「小聲。」

「很危險。」路克說，他將門留一條縫，回來坐到地上。「那男的槍會射到人。」

「我不喜歡這樣。」博士擔心地說。「路克和我會守夜，我希望妳們倆在這，我們可以保護妳們。一定有事會發生。」他說。「我不喜歡這樣。」

「我只希望她不會用乩板惹到什麼東西抓狂。」席爾朵拉說。「對不起，蒙塔古博士。我不是故意要對你妻子無禮。」

博士大笑，但他眼睛仍盯著門。「她原本打算從頭到尾跟我們一起住。」他說。「但她報了瑜伽課，不想錯過任何一堂。她在大多數方面都是個優秀的女人。」他看著大家補充，一臉誠懇。「她是個好妻子，非常照顧我。她做事其實非常俐落。襯衫扣子一顆也不能少。」他的笑容懷著希望。「這個——」他比向走廊。「這便是她唯一的缺點。」

「也許她覺得自己在幫助你工作。」愛麗諾說。

博士的臉皺了皺，打了個寒顫。這時門突然打開，又重重甩上，寂靜之中，他們聽到一股緩緩灌注進來的聲響，彷彿一陣非常穩定和強勁的風吹入走廊。超現實的冷意漸漸襲來，風聲呼嘯，樓下傳來咚咚的撞門聲，他們面面相覷，並想擠出笑容，露出勇敢的表情。席爾朵拉不吭一聲，拿起博士床腳的保暖被，裹住愛麗諾和自己，她們緊緊相依，動作緩慢，以免發出聲音。愛麗諾抓著席爾朵拉，即使席爾朵拉手摟著她，她仍感到全身凍僵了，並心想，它知道我的名字，它這次知道我的名字。撞擊聲從樓梯上來了，每一步都砰砰作響。博士全身緊繃，他站在門旁，路克走去站到他旁邊。「離育兒房很遠。」他對博士說，並伸手攔住博士，不讓他開門。

「一直撞都不會累啊。」席爾朵拉荒謬地說。「下個夏天，我真的要去別的地方度假了。」

「每個地方都有缺點。」路克告訴她。「湖多的地方會有很多蚊子。」

「我們是不是把希爾山莊的戲碼都看完了？」席爾朵拉問，她雖然語氣輕鬆，但聲音卻在顫抖。「感覺我們之前聽過這撞擊聲了，現在又要重新再演一次嗎？」走廊回響著撞擊聲，感覺像從另一端傳來，離育兒房最遠的地方，博士緊靠著門，焦慮地搖搖頭。「我必須到外頭去。」他說。「她可能嚇壞了。」他告訴他們。

愛麗諾隨著撞擊聲搖晃身子，撞擊聲不但在走廊上，彷彿也在她腦中迴蕩，她緊抓著席爾朵拉說：「它們知道我們在哪。」其他人以為她指的是亞瑟和蒙塔古太太，點了點頭，豎耳傾聽。愛麗諾雙手摀住眼睛，身體隨聲音搖晃，並告訴自己，撞擊聲會沿著走廊過去，一直到走廊盡頭，然後會再回來，它只會像之前一樣，一直移動下去，最後就會停止，我們會看向彼此，放聲大笑，試著回憶剛才多冷，回憶竄上背脊的恐懼。過一會，聲音就會停止。

「這聲音不曾傷害過我們。」撞擊聲中，席爾朵拉告訴博士。「它不會傷害他們。」

「我只希望她不會試著對它做任何事。」博士面無表情地說。他仍在門邊，但聽到外頭的巨響，似乎令他無法打開門。

「我感覺對這種事已一回生、二回熟。」席爾朵拉對愛麗諾說。「靠近點，諾兒。保持溫暖。」她從毯子下再將愛麗諾拉得更近些，令人不舒服的寒意依然籠罩著他們。

突然之間，聲音消失了，他們記憶猶新的死寂彷彿悄悄在蔓延。他們摒住呼吸，看向彼此。博士雙手握著門把，路克雖然臉色慘白，聲音顫抖，但仍輕鬆地說：「有人要喝白蘭地嗎？我這酒鬼——」

「不要，」席爾朵拉激動地咯咯笑了起來。「別說那個字。」她說。

「對不起。妳不會相信我，」路克說，他試著倒酒時，白蘭地瓶叮噹撞著玻璃杯，「但我不再覺得這是哏了。在鬧鬼的屋子生活後，這種幽默感會消失。」他用雙手拿著酒杯，走來床旁找裹在毯子下的席爾朵拉和愛麗諾。席爾朵拉伸出手，接下酒杯。「來。」她把酒拿到愛麗諾嘴邊。「喝吧。」

愛麗諾喝了一小口，卻沒感到溫暖，她心想，我們現在身在颱風眼。平靜的時間有限。她看著路克小心拿著白蘭地杯走到博士身旁，遞給他，但她茫然之中，看到酒杯從路克手中滑落到地上，房門劇烈搖晃著，卻沒有一絲聲響。路克將博士向後拉，房門再次無聲受到攻擊，感覺門快要脫離鉸鏈。門板彎曲變形，彷彿隨時會被扯下門框，再也無法保護他們。路克和博士向後退，靜靜等待，全身緊繃，無能為力。

「它進不來。」席爾朵拉雙眼盯著門，一次次輕聲說。「它進不來、它進不來、它進不來——」搖晃停止了，門一時間毫無動靜，接著有東西開始觸摸門把，動作親密輕柔。但因為門鎖住了，那東西便開始拍打和撥動門框，彷彿想方設法地要進門。

「它知道我們在這。」愛麗諾輕聲說，路克轉頭看向她，手激動比著，要她安靜。

愛麗諾像小孩一樣心想，好冷喔。我腦袋這麼吵，我永遠都睡不著了。聲音來自我的腦中，其他人怎麼聽得到？聲音像在打擊我，一次次讓我分裂，讓我一點一滴消失在屋子裡。其他人為何要害怕？

茫然之中，她發現撞擊聲又開始了，金屬巨響像海浪般沖刷著她。她將冰涼的雙手放到嘴上，感覺自己是否仍在。她心想，我受不了了，我太冷了。

「在育兒房門前。」路克緊張地說，他的聲音在撞擊聲中十分清楚。「在育兒房門前。不要。」他伸手阻止博士。

「最純淨的愛。」席爾朵拉瘋狂說道。「最純淨的愛。」她又咯咯笑起來。

「只要他們不開門——」路克對博士說。博士現在將頭靠在門上，仔細去聽，路克抓著他的手臂，不讓他衝出去。

愛麗諾心想，我們現在要聽到新聲音了，她聆聽著腦中的聲響。聲音變了。撞擊聲停了下來，彷彿它已證明撞擊沒有用，走廊出現快速的竄動聲響，好像有隻動物有著不可思議的耐心，來回走動，看著一道道門，注意著房內的動靜，接著外頭傳來愛麗諾記憶中那喃喃的說話聲。她馬上懷疑，是我發出的聲音嗎？是我嗎？這時門外傳來竊笑聲，嘲笑著她。

「Fe-fi-fo-fum[23]。」席爾朵拉用氣音說著，外頭笑聲變大，化為吼叫。愛麗諾心想，它在我腦中，她雙手摀住臉，它在我腦中，它想出來、出來、出來——

屋子顫抖搖晃，窗簾撞著窗戶，傢俱移動，走廊上的聲音變得無比巨大，並推著牆。他們聽到走廊的畫掉落地面，玻璃應聲破碎，也許窗戶也都破了。路克和博士用力抵著門，彷彿拚命想讓門關著，地板在他們腳下滑動。愛麗諾心想，我們完了，我們完了。她聽到席爾朵拉在遠處說：「屋子要垮了。」她聽起來很冷靜，已害怕到不怕了。愛麗諾抓著床，情緒崩潰，驚嚇不已，她頭低垂，閉上雙眼，咬著嘴唇，忍著冰冷，並感覺房間傾斜向下墜落，不久終於擺正，緩緩搖晃和轉動。

23《傑克與魔豆》故事中，巨人發出的一段無意義的聲音。

「我的老天。」席爾朵拉說，遙遠的門口，路克扶住博士，讓他站起。
「妳們沒事嗎？」路克大喊，他背靠著門，用肩膀扛起博士。「席爾朵拉，妳還好嗎？」
「還撐著。」席爾朵拉說。「我不確定諾兒的狀況。」
「讓她保持溫暖。」路克從遠方說。「戲碼還沒演完。」他的聲音漸漸消散。愛麗諾聽得到、也看得到在遙遠的房間裡，他、席爾朵拉和博士都仍在裡頭等待。黑暗浪潮中，她在無止境的空無墜落，除了她蒼白的雙手和手中的床腳，一切彷彿都不是真的。她看得到他們，但他們無比渺小。床鋪晃動，牆面傾斜，門轉了九十度時，她看到他們全身緊繃。某處傳來巨大的衝擊，房屋應聲震盪，有個巨大的東西排山倒海壓下。愛麗諾心想，一定是高塔，我以為它能撐好幾年。我們迷失了、迷失了。房子在自我崩毀。四面八方傳來細微又失控的笑聲，像是一首瘋狂小曲，她心想，不，這對我來說已經結束了。她心想，這太多了，我要放棄對自己的所有權，我願捨棄一切，獻出我從來不想要的自己。不管它想從我身上得到什麼，它都可以拿去。

「我會過去。」她大聲說，並發現自己是對著彎身在上方的席爾朵拉說。房間一片寧靜，從窗前靜止的窗簾間，她看到陽光。路克坐在窗邊的椅子上。他臉上有擦傷，衣服破爛，他仍喝著白蘭地。博士坐倒在另一張椅子上。他頭髮已梳理整齊，看起來一身俐落，衣冠楚楚，沉著冷靜。席爾朵拉傾身彎向愛麗諾說：「我覺得她沒事。」愛麗諾坐起來，搖搖頭，瞪大眼睛。屋子沉穩寧靜，牆面高立，一切井然有序，沒有東西移動過。

「怎麼會……」愛麗諾說，其他三人大笑。

「又過了一天。」博士說，雖然他全身光鮮亮麗，但他的聲音疲憊不已。「又過了一夜。」他說。

「就像我之前想說的，」路克說，「住在鬧鬼的屋子裡，幽默感會消失。我真的不是故意要亂開不該開的玩笑。」他告訴席爾朵拉。

「怎麼會——那他們？」愛麗諾問，她的嘴巴僵硬，聲音聽起來很陌生。

「他們兩個睡得像嬰兒一樣。」博士說。「說實在的，」他說得像在延續剛才的話題，彷彿愛麗諾之前睡著了一樣，「我不敢相信我妻子會引起這番風暴，但我不得不說，她再說一次純淨的愛……」

「發生了什麼事？」愛麗諾問。她心想，就我嘴巴的感覺，我一定咬牙了一整夜。

「希爾山莊跳舞了。」席爾朵拉說。「它半夜帶我們瘋狂舞動。至少，我覺得那是支舞，但它可能還有翻筋斗。」

「快九點了。」博士說。「等愛麗諾準備好……」

「來吧，寶貝。」席爾朵拉說。「席爾朵拉來幫妳洗把臉，打理整齊，去吃早餐。」

VIII

1

有人告訴他們達德利太太十點要收拾嗎？席爾朵拉看著咖啡壺納悶。

博士猶豫了一會。「一夜折騰之後，我不想去叫他們起床。」

「但達德利太太十點會收拾。」

「他們來了。」愛麗諾說。「我聽到他們在下樓。」房子每一吋的聲音，我全都聽得到，她想告訴他們。

這時他們聽到遠處傳來蒙塔古太太不耐煩的聲音，路克突然驚覺說：「喔，天啊——他們找不到餐廳。」他跑去開門。

「──好好通風。」蒙塔古太太人還未到，聲音先到了，她大步走進餐廳，草草點了點博士的肩膀，向他問好，接著便坐到座位上，朝大家點個頭。「我不得不說，」她馬上開口，「我以為你們會叫我們起來吃早餐。我想東西都冷了吧？咖啡能喝嗎？」

「早安。」亞瑟鬱悶地說。他坐下來後，繃著張臉。席爾朵拉想搶在蒙塔古太太之前倒好一杯咖啡，差點把咖啡壺弄倒。

「感覺夠熱。」蒙塔古太太說。「反正我今早應該跟你們的達德利太太聊一聊。那房間需要通風。」

「晚上呢？」博士膽怯地問。「妳晚上──嗯──睡得好嗎？」

「你所謂睡得好是指睡得舒不舒服吧，約翰，我希望你直說。沒有，讓我回答你有禮的問題，我睡得並不舒服。我眼睛眨都沒眨過。那房間教人無法忍受。」

「老房子很吵，對不對？」亞瑟說。「樹枝整晚都在敲我窗戶。差點把我逼瘋了，敲個沒完。」

「就算窗都打開，那房間還是很悶。達德利太太房子整理得不好，咖啡倒是挺好喝的。請幫我再倒一杯，謝謝。約翰，我很訝異你讓我住在一個通風不良的房間。如果要跟靈界的人溝通，空氣至少要能正常流通。我整晚都在吸灰塵。」

「我真不懂你。」亞瑟對博士說。「被這地方搞得緊張兮兮的。我拿著手槍坐在那一整晚，連隻老鼠都沒看到。我只遇到樹枝敲窗的地獄。差點讓我瘋掉。」他向席爾朵拉透露。

「當然，我們不會放棄希望。」蒙塔古太太瞪著她丈夫。「也許今晚會出現靈異現象。」

2

「席爾朵拉？」愛麗諾放下她的筆記本，席爾朵拉忙著寫字，皺眉抬起頭。

「我一直在想一件事。」

「我不想寫筆記。我覺得寫下這些瘋狂的東西，感覺像超級大傻瓜。」

「我一直在想。」

「什麼?」席爾朵拉漾起淡淡微笑。「妳看起來好認真。」她說。「妳下定決心了嗎?」

「對。」愛麗諾果斷地說。「我決定我之後要做什麼了。我是指我們離開希爾山莊之後。」

「什麼?」

「我要跟妳一起回去。」愛麗諾說。

「跟我一起回去哪?」

「跟妳回去啊,回妳家。」愛麗諾自嘲笑著說。「我要跟著妳回家。」

席爾朵拉盯著她。「為什麼?」她茫然問道。

「我不曾真的關心過一個人。」愛麗諾說,她不知道自己曾在哪聽過類似的話。「我希望能到一個屬於我的地方。」

「我可沒有帶流浪貓回家的習慣。」席爾朵拉一派輕鬆說。

愛麗諾也大笑。「我像流浪貓,對不對?」

「唉呀。」席爾朵拉再次拿起鉛筆。「妳有自己的家。」她說。「到時候,妳能回家應該就高興了吧，我的小諾兒。我想我們能回家應該都會很開心。妳會怎麼形容昨晚那些聲音？我不知道該怎麼描述。」

「我會去。」愛麗諾說。「我會直接去妳家。」

「諾兒、諾兒。」席爾朵拉再次大笑。「聽著，」她說，「這只是一個夏天的事，只是來到鄉村，在古老美好的度假山莊住個幾週而已。妳回家之後有自己的生活，我也有我的生活。夏天結束之後，我們會各自回家。當然，我們可以寫信給彼此，也許拜訪一下對方，但希爾山莊不是一輩子的事。」

「我可以找個工作，我不會打擾妳。」

「我不懂。」席爾朵拉氣憤地扔下鉛筆。「妳總是一意孤行，硬要去不歡迎妳的地方嗎？」

愛麗諾露出寧靜的笑容。「無論我去哪裡，我都不受歡迎。」

3

「全像母親一樣。」路克說。「一切看似柔軟，都鋪上軟墊。椅子和沙發看起來包覆性很好，但你一坐下來就發現又硬又不舒服，馬上要把你趕走——」

「席爾朵拉？」愛麗諾柔聲說。席爾朵拉望向她，難以理解搖搖頭。

「——到處都是手。輕巧光滑的玻璃手，彎曲向你伸來，像打招呼——」

「席爾朵拉？」愛麗諾說。

「不要。」席爾朵拉說。「我不會帶妳回家。我也不要再討論了。」

路克看著兩人說：「也許最討厭的一點是到處都是球形。你們來幫我說個公道，燈罩是用細小的碎玻璃珠組合而成，樓梯上的燈都是大圓燈，還有席爾朵拉手肘旁有溝槽設計的虹彩糖果罐也是。餐廳裡有個特別髒的黃色玻璃圓碗，下方有雙小孩的手捧著，還有個復活節糖蛋雕，裡面雕的是牧羊人在跳舞。樓梯底下，有個大胸部的女士用頭撐著欄杆，而在大客廳的玻璃底下——」

「諾兒，別煩我了。我們散步去溪邊之類的吧。」

「──以十字繡織了一張孩子的臉。諾兒，別看起來這麼害怕。席爾朵拉只是在建議一起去溪邊走走。如果妳想的話，我可以陪妳們去。」

「什麼都好。」席爾朵拉說。

「我去把兔子嚇跑。如果妳想的話，我會帶根棍子。如果妳不想的話，我就不會去。席爾朵拉只要說一聲就好。」

席爾朵拉大笑。「也許諾兒寧可留在這，在牆上寫字。」

「妳很壞。」路克說。「太冷血了，席爾朵拉。」

「我想再聽一些牧羊人在復活節蛋裡跳舞的事。」

「那是雕在糖蛋裡的世界。裡頭有六個迷你牧羊人在跳舞，女牧羊人穿著粉紅色和藍色，靠在長滿青苔的河岸邊欣賞。那裡有花草、樹木和羊群，老牧羊人在抽菸斗。我很想當那個老牧羊人。」

「如果你不是鬥牛士的話。」席爾朵拉說。

「如果我不是鬥牛士的話。而諾兒的韻事是茶餘飯後的八卦，相信你們記得吧。」

「永遠長不大的彼得潘。」席爾朵拉說。「你應該住在空樹幹裡，路克。」

「諾兒，」路克說，「妳沒在聽。」

「我覺得妳嚇到她了，路克。」

「因為無論是其中的祕密財寶或軟墊，希爾山莊有朝一日會是我的？我不大會珍惜房子，諾兒。我可能會因為煩躁而大發雷霆，砸碎復活節糖蛋，打斷小孩的手，四處跺腳，在樓梯大吼大叫，用手杖打碎玻璃珠燈罩，痛打用頭撐著樓梯的大胸部女士。我搞不好——」

「看吧？妳真的嚇到她了。」

「真的。」路克說。「諾兒，我只是在亂講。」

「我覺得他連手杖都沒有。」席爾朵拉說。

「其實我有。諾兒，我只是在亂講。她在想什麼，席爾朵拉。」

席爾朵拉小心翼翼地說：「我們離開希爾山莊時，她希望我帶她回家，而我不要。」

路克大笑。「可憐的傻諾兒。」他說。「戀人相遇便是旅程的終點。我們去溪邊吧。」

「一個像母親的房子。」路克說，他們從門廊下了階梯，走到草坪上。「像女管家、女校長、女舍監。我相信希爾山莊屬於我之後，我會是非常不稱職的男主人，就像亞瑟一樣。」

「我無法理解誰會想擁有希爾山莊。」席爾朵拉說，路克轉身，回頭望著山莊，一臉有趣。

「你仔細了解之後，才會知道自己究竟想不想要。」他說。「如果我從沒機會擁有，搞不好我會有截然不同的感受。像諾兒有次問過我，大家想從彼此身上知道什麼事。其他人存在的意義是什麼？」

「我母親的死是我的錯。」愛麗諾說。「她敲著牆，不斷叫我的名字，但我一直沒醒來。我應該要拿藥去給她的，我之前都有做到。但這次她叫我，我卻一直沒醒過來。」

「妳現在應該把這些都忘了。」席爾朵拉說。

「從那時起我一直在想，自己到底有沒有醒來。我是不是有醒來，有聽到她的聲音，我是不是直接躺回去繼續睡了。那是多容易的事啊，我想過這件事。」

「這裡要轉彎。」路克說。「如果我們要去溪邊的話。」

「妳煩惱太多了，諾兒。妳可能只是喜歡覺得這是妳的錯。」

「總而言之，這遲早會發生。」愛麗諾說。「但當然不管何時發生，終究是我的錯。」

「如果沒發生的話，妳永遠不會來希爾山莊。」

「我們在這裡排成一路。」路克說。「諾兒，妳先走。」

愛麗諾笑著走向前，她舒服地沿路踢著腳。她心想，現在我知道我要去哪了。我跟她坦承了我母親的事，所以那已解決了。我會找個小房子，或像她一樣的公寓。我會每天見到她，我們會一起買些美好的事物——像金環盤子、白貓、復活節糖蛋和星星杯。我再也不會害怕或孤單了。我會叫自己愛麗諾，就這三個字。「你們兩個在談論我的事嗎？」她回頭問。

過了一會，路克有禮地回答：「我們也許在談論諾兒的靈魂在善良和邪惡之間掙扎。但那樣的話，我恐怕是神了。」

「但她當然不能相信我們。」席爾朵拉打趣的說。

「至少絕不能相信我。」路克說。

「而且諾兒，」席爾朵拉說，「我們完全沒有在談論妳。搞得我好像體育老師一樣無聊。」她有點生氣地對路克說。

愛麗諾心想，我等了好久，我終於獲得屬於我的快樂。她帶頭走到山頭，俯瞰一排樹林，穿過樹林之後便會到達溪邊。她心想，樹林在天空下好美，如此筆直又自由。路克說到處都很柔軟是錯的，因為樹木像木頭一樣很硬。他們仍在談論我的事，談論我怎麼來希爾山莊，找到席爾朵拉，而現在我不讓她走了。她聽到身後傳來低語，有時帶著怨恨，有時高聲嘲笑，有時笑得親密，她恍惚向前，聽他們跟在背後。她鑽進長草叢，發覺他們過一會之後才鑽進來，因為她這時才聽到草地隨著他們腳步窸窣作響，一隻蚱蜢被驚動，快速跳開。

愛麗諾心想，我可以在她的店裡幫忙。她喜歡美麗的東西，我會和她一起去找。我們可以隨心所欲去任何想去的地方，如果我們想的話，也能到世界的盡頭，想回來就能回來。路克現在在分享他所知關於我的一切，像我不會輕易受騙，或我身邊彷彿圍著夾竹桃牆。而她聽了笑了，因為我再也不孤單了。他們非常相像，也非常好心。我其實不曾想過他們會給予我那麼多。我這趟真是來對了，因為戀人相遇便是旅程的終點。

她走到樹林底下，曬過炎熱的太陽之後，樹蔭十分涼爽舒適，現在她必須更注意腳步，因為路已變成下坡，有時路上會有石頭和樹根。在她身後，他們繼續說著話，語氣嚴厲飛快，過一會慢下來，兩人大笑。愛麗諾開心地想著，我不會回頭，因為他們就會知道我在想什麼。等我們有用不完的時間時，我和席爾朵拉會找一天聊這件事。她走出樹林，來到下切溪邊的最後一段陡坡時，她心想，我的感覺好奇怪；我陷入一種奇妙的感覺，而我依然很快樂。我到第一天她差點跌倒的地方之前，都不要回頭。我會問她記不記得溪裡金色的魚和我們的野餐。

她坐在狹窄的綠岸上，下巴靠在膝蓋上。她向自己許諾，我絕不會忘記人生這一刻，她聽著他們的聲音，他們的腳步聲緩緩走下山坡。「快點。」她說著轉頭去找席爾朵拉。「我——」接著她沉默了。山坡上沒有半個人，路上只傳來清楚的腳步聲，還有嘲諷的竊笑。

「誰——？」她低聲問。「是誰？」

她看到腳步將草踩平。她看到另一隻蚱蜢快速跳開，一顆小石子跳動。她清楚聽到腳步和地面的摩擦聲，她向後退，緊靠著河岸，聽到笑聲距離她非常近。「愛麗諾、愛麗諾。」她同時聽到聲音在腦中和外面響起。這叫喚聲她聽了一輩子。腳步聲停了，她瞬間被空氣攫住，力量如此扎實，她不禁腳步蹣跚，但身子隨即被扶住。「愛麗諾、愛麗諾。」一股氣流吹過她雙耳，她在其中聽到：「愛麗諾、愛麗諾。」她被緊緊地扶著，非常安全。她心想，一點都不冷，一點都不冷。她閉上雙眼，向後靠著河岸心想，別放開我。接著她心想，留下來吧，留下來吧，而穩穩抓著她的力量鬆開，漸漸消失，留下她一人。她又聽到一次：「愛麗諾、愛麗諾。」最後她站在河邊，全身發抖，彷彿太陽消失了。她理所當然看著空靈的腳步越過溪水，水面漾起一圈圈小漣漪，接著腳步走上對岸的草地，緩緩爬上山坡，翻過山丘。

她站在溪邊發抖，「回來」兩字停在嘴邊，接著她轉身，氣呼呼跑上山，一邊跑一邊哭喊：「席爾朵拉？路克？」

她在一塊樹林找到他們，他們靠在樹幹上，輕聲交談，有說有笑。她跑向他們時，他們轉身，面露驚訝，席爾朵拉幾乎發起脾氣。「妳這次又想幹嘛？」她說。

「我在溪邊等你們——」

「我們決定待在這，這裡比較涼爽。」席爾朵拉說。「我們以為妳有聽到我們叫妳，對不對，路克？」

「喔，對啊。」路克不好意思地說。「我們以為妳一定有聽到。」

「總之，」席爾朵拉說，「我們過一會就要過去了。對不對，路克？」

「沒錯。」路克說著露齒微笑。「喔，對啊。」

4

「地下水。」博士揮著叉子說。

「亂講。達德利太太負責做你們的飯嗎？蘆筍真的太美味了。亞瑟，讓年輕人幫你盛點蘆筍。」

「親愛的。」博士深情看著妻子。「我們吃完午餐，習慣休息一個小時左右，如果妳——」

「當然不要。我人都來了，我有太多事要做。我必須跟你們的廚師聊聊，我要確認我的房間通風，我必須準備乩板，晚上再做一輪。亞瑟必須清理手槍。」

「這是戰士的象徵。」亞瑟承認。「槍總是要準備好。」

「當然，你和這些年輕人可以休息。也許你不像我一樣心急，可憐的靈魂在此遊盪，無法安息，我好想趕快幫助他們。也許看到我同情他們，你會覺得我很傻。也許在你眼中，我甚至是荒唐可笑的，因為我竟然為被拋棄的靈魂流下眼淚，他們迷失在這，無人拯救。純淨的愛——」

「槌球？」路克趕緊說。「打個槌球怎麼樣？」他熱情看向每個人。「羽毛球？」他提議。「槌球？」

「地下水？」席爾朵拉幫腔。

「我不玩那些有的沒的。」亞瑟堅定地說。「我都跟男學生說，那通常代表他們是豬哥。」他意味深長看著路克。「豬哥才玩那些有的沒的，還要女人一起。我的男學生都自個兒玩。那才叫男人。」他對席爾朵拉說。

「你還教他們什麼？」席爾朵拉有禮地問。

「教？你是說——他們學的嗎，我的男學生？你是指——像代數？拉丁文？當然有。」亞瑟向後靠，一臉得意。「那些事我全交給老師負責。」他解釋。

「那你學校有多少男學生？」席爾朵拉傾身，客客氣氣，充滿興趣，像和客人聊天，亞瑟立時如沐春風。坐在主位的蒙塔古太太皺起眉頭，手指不耐煩地敲了敲。

「多少男學生？多少啊。我學校有一流的網球隊。」他眉開眼笑地對席爾朵拉說。「一流的。絕對是頂尖的。弱雞就不用算了吧？」

席爾朵拉說：「不用算弱雞。」

「喔，有人打網球、高爾夫球、棒球、田徑和板球。」他偷笑。「沒想到我們有人打板球，對吧？然後還有游泳和排球。但有的男生什麼都玩。」他焦慮地向她解釋。「全能型的。大概共有七十人。」

「亞瑟？」蒙塔古太太再也忍不住了。「不要談工作的事。記住，你在度假。」

「對，我真傻了。」亞瑟傻傻笑了笑。「要去檢查武器了。」他解釋。

「兩點了。」達德利太太在門口說。「我兩點收拾。」

5

席爾朵拉大笑，愛麗諾躲在涼亭陰影深處，雙手摀住嘴，以免發出聲音，讓他們發現她在。我一定要知道，她心想，我一定要知道。

「那首歌叫〈葛拉頓謀殺〉。」路克說。「很有趣。妳想聽的話，我甚至可以唱給妳聽。」

「你真的是豬哥。」席爾朵拉再次大笑。「可憐的路克。我來罵的話應該會罵『無賴』。」

「如果這短短的休息時間，妳寧可和亞瑟聊天……」

「我當然寧可和亞瑟聊天。一個受過教育的男人總是比較有趣。」
「板球。」路克說。「從沒想過我們會打板球，對不對？」
「唱吧，唱吧。」席爾朵拉大笑說。
路克用單調的聲音唱著，清楚強調出每一個字：

首先是年輕的葛拉頓小姐
她試著不讓他進門
他用農刀刺死她
他的犯罪就此開始

下一位是葛拉頓奶奶
她又老又累，頭髮斑白
她盡力抵抗凶手
直到她氣力放盡

下一位是葛拉頓爺爺
他坐在火爐旁
他悄悄來到他身後
用繩索將他活活勒死

最後是葛拉頓寶寶
睡在他的小床上
他壓斷他的短肋骨
直到那孩子死去

然後他將菸草汁
吐在他金髮的頭上

他唱完之後，兩人沉默了一會，接著席爾朵拉無力地說：「真好聽，路克。太美了。未來我要是再聽到這首歌，一定會想到你。」

「我打算唱給亞瑟聽。」路克說。他們何時會談論我？愛麗諾在陰影中納悶地心想。過了一分鐘，路克繼續胡亂說道：「不知道博士的書會寫成什麼樣子？你覺得他會把我們寫進去嗎？」

「你大概會變成一個年輕老實的靈異研究者。我會是個天賦異稟，但風評可疑的女子。」

「不知道蒙塔古太太會不會自成一章。」

「還有亞瑟和達德利太太。我希望他不會把我們全化為圖表上的數字。」

「不知道、不知道。」路克說。「今天下午好熱。」他說。「我們要做些什麼才會比較涼快？」

「我們可以請達德利太太做檸檬水。」

「妳知道我想做什麼嗎？」路克說。「我想去探索。我們沿著溪爬到山丘上，看溪水從哪裡來。也許中途會有池塘，我們可以游泳。」

「或是瀑布，溪水感覺一定是從瀑布而來。」

「那來吧。」愛麗諾在涼亭後面聽他們笑著，並聽到他們的腳步聲朝通往屋子的路跑去。

6

「這裡有件有趣的事，」亞瑟的口氣像是在力求表現，並果敢提供著趣聞，「這本書寫了，要怎麼用普通的兒童蠟筆做蠟燭。」

「有趣。」博士聽起來很疲倦。「不好意思，亞瑟，我必須先把筆記寫完。」

「沒問題，博士。我們各有各的工作。接下來我們會安安靜靜。」愛麗諾在小客廳門外聽，並聽到亞瑟準備安靜下來時，發出煩躁的聲音。「這裡沒什麼好做的，對吧？」亞瑟說。「你們一般都怎麼打發時間？」

「工作。」博士簡短回答。

「你寫下屋子裡發生什麼事？」

「對。」

「你有寫到我嗎？」

「沒有。」

「感覺你應該寫我們從乩板記下來的事。你現在在寫什麼？」

「亞瑟。你可以找本書看之類的嗎？」

「沒問題。我不是故意要煩你。」愛麗諾聽到亞瑟拿起一本書，放下來，點根菸，嘆口氣，動來動去，最後開口：「聽著，這裡有什麼事可以做嗎？大家都去哪了？」

博士耐著性子回答，但口氣毫不在乎。「我想，席爾朵拉和路克去探索那條溪了。其他人應該在屋子裡某個地方。其實，我相信我妻子去找達德利太太了。」

「喔。」亞瑟又嘆口氣。「我乾脆讀本書好了。」他說完，過了一分鐘。「嘿，博士。我不想打擾你，但你聽聽這本書寫的……」

7

「沒有，」蒙塔古太太說，「我不鼓勵年輕男女亂搞關係，達德利太太。如果我丈夫舉辦這不可思議的派對前，事先問過我——」

「沒事的。」達德利太太說，愛麗諾靠著餐廳門，瞪大眼睛，嘴巴張大。「我常說，蒙塔古太太，人只年輕一次。年輕人只是在享受人生，那是年輕很自然的事。」

「但生活在同個屋簷下——」

「又不是說他們還小，不懂是非對錯。不管路克先生多娘，我覺得，那個漂亮的席爾朵拉已經大到能照顧自己了。」

「我需要一塊乾的擦碗布，達德利太太，我要擦銀器。我覺得真可惜，現在小孩長大什麼都知道了。有些事就應該神祕一點，有些事本該大人才知道，他們必須之後才懂得。」

「那樣的話，他們會吃到苦頭。」達德利太太的聲音舒服又自在。「蕃茄是達德利今早從蔬果園摘的。」她說。「今年蕃茄長得很好。」

「要我先來處理嗎？」

「不用、不用、不用。妳坐下來休息。妳做得已經夠多了。我來煮水，我們一起好好喝杯茶。」

8

「戀人相遇便是旅程的終點。」路克說，並朝房間另一邊的愛麗諾微笑。「席爾朵拉那件藍色洋裝是妳的嗎？我之前都沒看過。」

「我是愛麗諾，」席爾朵拉頑皮地說，「因為我有鬍子。」

「妳真聰明，帶了兩人份的衣服。」路克對愛麗諾說。「席爾朵拉穿我的舊西裝，絕對沒這一半好看。」

「我是愛麗諾，」席爾朵拉說，「因為我穿著藍色。我愛我愛人的E，因為她空靈超凡（Ethereal）。她的名字是愛麗諾，她活在別人的期待之中。」

愛麗諾態度疏離，心裡想，她在欺負人。她感覺能從遠方觀察這些人，聽他們說話。她心想，席爾朵拉在欺負人，路克試著對我好，他為嘲笑我感到羞愧，看到席爾朵拉欺負人，他也感到過意不去。「路克，」席爾朵拉瞄著愛麗諾，「再唱一次歌。」

「晚點吧。」路克不自在地說。「博士剛擺好棋盤了。」他草草轉身離開。

席爾朵拉生著悶氣，頭靠在椅背上，閉上雙眼，顯然決心不說話了。愛麗諾坐在原地，低頭看著雙手，聽著房子的聲響。樓上某處一道門靜靜關上。鳥兒停在高塔上一會，又飛走了。廚房的火爐漸漸熄滅，發出輕柔的嘎吱聲響。有隻動物（兔子？）鑽過涼亭旁的矮樹叢。她對屋子有著全新的掌控，她甚至聽到閣樓飄下的灰塵，木頭的老化。只有藏書室她感受不到。她聽不到乩板前蒙塔古太太和亞瑟沉重的呼吸，也聽不到他們興奮的問題。她聽不到書本腐爛，也聽不到鏽斑滲入通往高塔頂的螺旋鐵梯。她不需抬頭，便聽到小客廳中，席爾朵拉手煩躁點著，棋子靜靜放好。她這時聽到藏書室門甩開，氣憤和尖銳的腳步聲朝小客廳走來，蒙塔古太太打開門，大步走進來，他們轉頭看著她。

「我不得不說，」蒙塔古太太大呼口氣。「我不得不說，這真是氣死人了——

「親愛的。」博士起身，但蒙塔古太太氣呼呼地向他擺擺手。「你怎麼會——」她說。

亞瑟從她身後冒出來，顯得侷促不安，他幾乎是偷偷摸摸繞過她，坐到壁爐旁的椅子上。席爾朵拉望向他時，他小心地搖搖頭。

「你怎麼會這麼失禮。說到底，約翰，我這次確實大老遠跑來了，亞瑟也是，我們只是好心來幫忙而已，但我真的不得不說，其他人就算了，我從來沒想過你居然會懷疑我，不相信我說的話，而他們——」她比向愛麗諾、席爾朵拉和路克。「我唯一要的、我唯一要的，只是一點信任，對我要做的事有一點同理，結果你不相信，還冷嘲熱諷，不當一回事。她漲紅了臉，呼吸粗重，朝博士搖著手指。她憤怒地說：「乩板今晚不肯和我溝通。乩板一個字都沒有，都是你們的嘲笑和懷疑害的。乩板恐怕好幾週都不會和我交流了——我告訴你們，這之前就發生過。之前它遭到懷疑的人奚落時也是這樣。那時乩板沉默了好幾週，我來這裡的動機很單純，我最少、最少希望能得到一絲尊重。」她朝博士搖著手指，一時間說不出話。

「親愛的，」博士說，「我相信沒人會故意妨礙。」

「冷嘲熱諷，沒有嗎？乩板的字拿到你們面前，沒有人懷疑嗎？那幾個年輕人沒說些風涼話，對我不禮貌嗎？」

「蒙塔古太太，其實……」路克開口，但蒙塔古太太繞過他，坐下來，她雙唇緊抿，雙眼冒火。博士嘆氣，想開口又停下來。他轉身背對妻子，示意路克回到棋盤旁。路克一臉害怕跟了過去，亞瑟在椅子上動了動，低聲對席爾朵拉說：「沒見過她這麼氣。在那空等著乩板，感覺滿慘的。」他似乎覺得自己充分解釋了情況，身子向後坐好，露出膽怯的微笑。

愛麗諾幾乎沒在聽，她恍惚感受著房中的動靜。她意興闌珊地想，有人在走動。路克來回踱步，並輕聲喃喃自語，這樣下棋確實不尋常吧？他在哼唱？還是唱歌？她差點聽出幾個字，但路克又壓低聲音。他在屬於他的棋盤旁，愛麗諾轉頭，望著客廳中間空蕩蕩的地方，有人在那走著，輕聲唱歌，這時她清楚聽到：

穿過美麗的山谷
穿過美麗的山谷
就像我們之前一樣……

啊，我知道，她聽著那微弱的歌聲心想，並露出笑容。我們以前會玩這個遊戲。我記得。

「簡單來說，這是非常精緻又敏感的工具。」蒙塔古太太向席爾朵拉說。她仍氣憤難平，但在席爾朵拉的同理之下，她的心情明顯緩和不少。「稍有懷疑，它當然就會受到冒犯。如果大家不相信妳，妳會作何感想？」

進出打開的窗戶
進出打開的窗戶
進出打開的窗戶
就像我們之前一樣……

聲音很輕巧，可能只是孩子的聲音，他用最小的氣息，小聲甜美地唱著，愛麗諾微笑回憶著過去，蒙塔古太太繼續說著乩板的事，但愛麗諾卻更清楚聽到簡短的歌謠。

向前找你的愛人
向前找你的愛人
向前找你的愛人
就像我們之前一樣……

她聽到旋律淡去，感覺空氣稍微擾動，腳步聲響起，有人靠近她，彷彿有東西拂過她的臉。或也許拂過她臉頰的，只是一聲嘆息，她驚訝地回頭。路克和博士彎身下著棋，亞瑟朝席爾朵拉傾身，蒙塔古太太繼續說著。

她高興地心想，沒人聽到。除了我之外，沒人聽到。

IX

1

愛麗諾輕輕關上臥室門，不想吵醒席爾朵拉。她心想，但大家都睡得像席爾朵拉一樣安穩，關門聲不會驚動任何人。她安慰自己說，我為了照顧母親，早已習慣睡得很淺。走廊陰暗，唯一的光線是來自樓梯的夜燈，每一道門都關著。愛麗諾心想，真好笑。她赤腳無聲走過走廊地毯，這是唯一一間晚上不用擔心吵到人的屋子，或就算吵到，至少大家都會知道是誰。她醒來時，心裡忽然想去藏書室，而她腦袋塞給她一個合理的理由。她向自己解釋，我睡不著，所以我要下樓去拿本書。如果有人問我要去哪，我就回答我下樓去藏書室拿書，因為我睡不著。

夜晚溫暖，令人昏昏欲睡，十分舒服。她赤腳無聲走下巨大的樓梯，來到藏書室門前，這才想到，但我不能進去，沒人允許我進去——她在門口猶豫，聞到腐敗的氣味，不禁作嘔。「媽媽！」她大聲說，並迅速退後。「來。」樓上有個聲音清楚回答她，愛麗諾熱切地轉身，快步跑上樓梯。「媽媽？」她輕聲說，然後又開口：「媽媽？」輕巧的笑聲從上方飄向她，她上氣不接下氣地跑上樓，停在樓梯最上方，向走廊兩側左右顧盼，看向一道道緊閉的門。

「妳在這裡某個地方。」她說。聲音迴盪在走廊，乘著氣流悄悄傳回一絲輕語。「某個地方，」它說，「某個地方。」

愛麗諾大笑，跟了過去，她無聲跑過走廊，來到育兒房門前，冰冷處消失了，她抬頭朝兩張俯瞰她的笑臉笑著。「妳在裡面嗎？」她在門外低聲說。「妳在裡面嗎？」她用拳頭敲門。

「誰？」是蒙塔古太太，她在裡面，顯然才剛醒來。「誰？進來，不管你是誰。」

愛麗諾心想，不對、不對，她抱住自己，無聲笑著，不在這裡，沒和蒙塔古太太一起，她奔下走廊，聽到蒙塔古太太在身後喚著：「我是你的朋友，我不會傷害你。進來告訴我你放不下的事。」

愛麗諾聰明地想，她不會打開門。她不害怕，但她不會打開門，接著她重重敲了亞瑟的門，聽到亞瑟醒來，大抽口氣。

她踏著柔軟的地毯，不斷跳舞，她來到自己的房門前，席爾朵拉就在後頭睡覺。她心想，不老實的席爾朵拉，殘忍愛笑的席爾朵拉，醒來、醒來、醒來吧，她大力敲門、拍門，放聲大笑，搖動門把。接著她又快速跑過走廊，來到路克門前敲門。她心想，醒來、醒來，繼續不老實啊。她心想，他們沒人會開門，他們會坐在房內，用毛毯裹著自己發抖，心想接下來他們會發生什麼事。她重重敲著博士的門心想，起來。敢不敢開門，看我在希爾山莊走廊跳舞。

這時席爾朵拉嚇了她一跳，她瘋狂大喊：「諾兒？諾兒？博士、路克、諾兒不見了！」

愛麗諾心想，可憐的屋子，我忘記愛麗諾了，現在他們勢必要打開門，她趕緊跑下樓梯，聽到身後焦慮的博士拉高嗓門，而席爾朵拉叫著：「諾兒？愛麗諾？」

她心想，他們根本是一群笨蛋。現在我必須去藏書室了。「媽媽、媽媽。」她輕聲說。「媽媽！」接著她停在藏書室門口，感覺一陣噁心。她聽到身後大家在樓上的走廊交談，她心想，好好玩喔，我感覺得到整棟山莊的動靜，她甚至聽到蒙塔古太太反對，然後亞瑟開口了，最後是博士，他明白地說：「我們一定要去找她，拜託大家快點。」

她心想，好吧，我也要快點。她跑過走廊進到小客廳，她打開門時，火焰朝她閃爍了一下，棋盤留在路克和博士下棋的地方。席爾朵拉戴的圍巾放在她的椅背上。愛麗諾心想，那也可以交給我，那是她女僕可卑的手藝，她一邊用牙齒咬著，手用力一扯，將圍巾撕開，然後扔在地上，這時她聽到身後樓梯傳來聲音。他們準備一起下樓來了，並告訴彼此要先去哪裡找，他們語氣焦慮，不時叫著：「愛麗諾？諾兒？」

「來了？來了？」她聽到屋子遠處某個地方傳來聲音，她聽到樓梯隨著腳步震動，草坪上有隻蟋蟀動了動。她大膽開心地奔過走廊，再次回到大廳，從門口窺看他們。他們一同果斷走下樓梯，彼此聚成一團，博士的手電筒掃過大廳，停在巨大的前門，前門竟然敞開著。他們這時快步衝下樓，大叫：「愛麗諾、愛麗諾。」他們全都穿越大廳，跑出前門尋找和喊叫，手電筒的光慌忙地巡梭。愛麗諾靠著門大笑，眼淚都流了出來。她心想，他們真是笨蛋。我們輕易就騙過他們。他們愚蠢又耳聾，動作無比遲緩，只會大步走過房子，亂摸亂看，四處搗亂。她跑過大廳，穿過遊戲房，進到餐廳，接著進到廚房，她看著周圍的門心想，這裡很好，我聽到他們的聲音時可以朝四面八方跑走。他們跌跌撞撞地回到大廳，喊著她的名字時，她迅速衝到門廊，進到涼爽的夜中。她背靠著門，希爾山莊的薄霧捲住她的腳踝，她抬頭望向充滿壓迫的沉重山丘。她心想，屋子舒服地受群峰擁抱，受到保護，又無比溫暖。希爾山莊真幸運。

「愛麗諾？」他們非常接近了，她沿著門廊跑，衝進大客廳。「修伊．克雷恩，」她說，「你願意和我共舞嗎？」她向巨大的雕像行了屈膝禮，它目光閃爍，朝她發光。一道反射的光線照亮人像和鍍金的椅子，她正經地在修伊．克雷恩面前跳舞，他看著她，全身閃閃發光。「進出打開的窗戶。」她唱著，她跳舞時覺得有人牽住了她的雙手。「進出打開的窗戶。」她跳著舞，進到門廊，順勢繞過屋子。

她心想，我繞著屋子一圈又一圈，沒人看得見我。她趁經過時摸了一下廚房的門，十公里外的達德利太太在睡夢中打了個寒顫。她來到高塔，高塔依偎在山莊懷中，被山莊勒住不放，她緩緩走過灰色石牆，甚至連外牆她都不敢伸手去碰。接著她轉身，站在巨大的前門口。前門再次緊閉，她伸出手，門毫不費力、輕鬆打開了。她告訴自己，就這樣，我進入了希爾山莊。她走進屋內，彷彿這是自家一般。「我來了。」她大聲說。「我到過屋子各處，進出打開的窗戶，我不斷跳舞——」

「愛麗諾？」是路克的聲音，她心想，所有人之中，我最不想讓路克逮到。她內心懇求，別讓他看到我，她毫不猶豫地轉身跑進藏書室。

她心想，我進來了。我進來裡面了。這裡一點都不冷，反而溫暖舒適，讓人感到暢快。光線剛好，她看得到鐵梯螺旋通往塔頂，也看到頂端的小門。她腳下石地不經意地移動，摩擦著腳底，四周輕柔的空氣觸碰著她，撥動她的頭髮，在她的手指間流竄，一陣嘆息吹上她的小嘴，她繞著圈，跳起舞，心裡想著，我沒有石獅，也沒有夾竹桃林。我打破了希爾山莊的魔咒進到裡頭了。她心想，我回家了，這時她停了下來，咀嚼這個念頭。她心想，我回家了，我回家了，現在向上爬吧。

爬上狹窄的鐵梯好令人興奮——她繞著圈子，愈爬愈高，並靠在細鐵欄桿向下望，看著底下好遠、好遠的石地。她爬著爬著，向下望時，她想到外頭柔軟的綠草地，層層連綿的山丘和鬱鬱蔥蔥的樹林。向上望時，她想到希爾山莊聳立在樹林間雄壯的高塔，俯瞰著道路，那條路蜿蜒穿過希爾斯代爾，經過花園中的白色農舍，經過魔法夾竹桃林，經過石獅，延伸到好遠、好遠的地方，會找到為她禱告的矮小女人。她心想，時間如今結束了，那一切都消失並拋棄了，而那可憐的矮小婦人仍在為我禱告。

「愛麗諾！」

一時間，她不記得他們是誰（他們是她石獅家的客人嗎？在她燭光長桌晚餐？還是她在洶湧河流上的餐廳遇過他們？他們其中一人從綠色山丘騎馬下來嗎？三角旗在風中飄揚？他們有人在黑暗中和她一起奔跑？後來她想起來了，於是他們一一落到各自的位置），她遲疑地抓住欄杆。他們好渺小，好微不足道。他們站在底下的石地，指著她，開口叫著她，他們的聲音急切，卻又遙遠。

「路克。」她回神說。他們有聽到她開口，因為他們安靜下來。「蒙塔古博士。」她說：「蒙塔古太太。亞瑟。」她不記得另一個人，她沉默站在一旁，和其他人隔了點距離。

「愛麗諾，」蒙塔古博士叫道，「小心轉過身，慢慢從樓梯下來。動作要非常、非常慢，愛麗諾，手要一直抓著欄杆。快轉身下來。」

「這小女生到底在幹嘛？」蒙塔古太太追問。她頭髮上著髮捲，浴袍肚子處有隻飛龍。「讓她下來，我們才能回去睡覺。亞瑟，你馬上要她下來。」

「好。」亞瑟開口，路克走到樓梯底下，開始向上爬。

「天啊，小心點。」路克穩穩走上去時，博士說。「樓梯從牆面開始都生鏽了。」

「樓梯撐不住你們兩個。」蒙塔古太太附和。「你們會害樓梯壓到我們。亞瑟，你過來門這邊。」

「愛麗諾，」博士大喊，「妳能轉身慢慢走下來嗎？」

她上方只有通往角樓的活門。她站在頂端狹窄的小平台，推了一下活門，但活門卡死了。她徒然用拳頭槌了一下活門，腦中瘋狂想著，讓它打開、讓它打開，不然他們會抓到我。她回頭看到路克持續繞著圈，向上爬著。「愛麗諾，」他說，「站穩了。不要動。」他聽起來很害怕。

她心想，我逃不掉了。她往下看，清楚看到一張臉，她的名字浮現在她腦海中。「席爾朵拉。」她說。

「諾兒，照他們的話做。拜託。」

「席爾朵拉？我出不去，門被釘死了。」

「妳他媽的說得沒錯，它被釘死了。」路克說。「也幸好是這樣。」他緩緩爬上來，幾乎快到狹窄的平台了。「妳別動。」他說。

「別動，愛麗諾。」博士說。

「諾兒。」席爾朵拉說。「拜託照他們的話做。」

「為什麼？」愛麗諾向下望，看著下方墜落的距離，看著釘在高塔牆面的鐵梯在路克腳步下搖晃支撐著，她看著冰冷的石地，看著遠方雙眼瞪大、蒼白的臉孔。

「我怎麼下去？」她無助地問。「博士——我怎麼下去？」

「動作放慢。」他說。「照路克說的做。」

「諾兒。」席爾朵拉說。「別怕。不會有事的，真的。」

「當然不會有事。」路克板著臉說。「脖子斷的搞不好只有我。抓好，諾兒。我會走到平台上。我希望妳跟我交換位子，這樣妳就能在我前面往下走。」雖然他一路爬上來，但感覺他一點也不喘，只是當他伸手去抓欄杆時，手卻不斷發抖，臉上大汗淋漓。「來！」他厲聲說。

愛麗諾躊躇不前。「你上次叫我先走，你卻根本沒跟來。」她說。

「也許我乾脆把妳推下去算了。」路克說。「讓妳摔死在地上。好了，聽話，動作放慢。繞過我，走下樓梯。」他氣呼呼補了一句：「只希望我能忍住把你推下去的衝動。」

她乖乖地沿著平台走來，身體貼著堅硬的石牆，路克小心繞過她。「往下走，」他說，「我就在妳後面。」

鐵梯搖晃，每一步都嘎吱作響，感覺險象環生，她慢慢往前。她看著自己握著欄杆的手，因為握得很緊，手變得十分蒼白，她赤腳一步一步向下，格外小心，但她不曾再向下看著石地。她腦中只想著腳下的樓梯感覺已彎曲變形，並一次次告訴自己，要慢慢下去，要慢慢、慢慢地下去。

下方，博士和席爾朵拉不由自主伸出雙臂，彷彿如果她摔下來，他們就要接住她。愛麗諾跌倒了一次，錯過一階，等她抓住欄杆時，欄杆全晃了起來，席爾朵拉倒抽一口氣，趕緊跑去抓住樓梯尾端。「沒事的，諾兒。」她一次次說著。「沒事的，沒事的。」

「再下來一點點就到了。」博士說。

愛麗諾緩緩拖著腳步，一階階走下，終於，在她自己都來不及相信時，便已踏到了石地上。身後，路克跳下最後幾階時，樓梯搖晃，鏗鏘作響，他穩穩越過藏書室，找了張椅子坐下不動了，他低著頭，全身仍在顫抖。愛麗諾轉身，抬頭看著剛才她站的最高處，並看著歪七扭八、靠著石牆搖晃的鐵梯，小聲說：「我跑上去了，我跑上整座樓梯。」

蒙塔古太太和亞瑟剛才擔心樓梯垮下，躲在一旁，現在她果斷地從門口走來。「有人跟我想的一樣嗎？」她小心地問，「這年輕女生今晚替我們帶來不少麻煩。我的話，我想回去睡覺了，亞瑟也是。」

「希爾山莊——」博士說。

「我告訴你，這孩子胡鬧之後，肯定破壞了今晚任何靈異現象發生的機會。這荒唐的表演之後，我敢說我們靈界的朋友肯定不會來找我了，所以不好意思——如果戲演完了，表演結束了，忙碌的人也都被吵醒了，這一切都確定的話——那就晚安，我要去睡覺了。亞瑟。」蒙塔古太太頭也不回地離去，飛龍仰頭站立，氣得全身顫抖。

「路克嚇壞了。」愛麗諾說，她看著博士和席爾朵拉。

「路克當然嚇壞了。」路克從愛麗諾身後附和。「路克嚇到差點連自己都下不來了。諾兒，妳真是個白痴。」

「我同意路克。」博士十分不高興，愛麗諾轉開頭，看向席爾朵拉，席爾朵拉說：「我想妳非得這樣，諾兒？」

「我沒事。」愛麗諾說，她無法再看向他們任何人。她驚訝地看著自己赤裸的雙腳，突然發現剛才它們帶著她，毫無感覺地從鐵梯下來了呢。她心想，妳看她的雙腳啊，接著她抬起頭。「我來藏書室拿書。」她說。

2

好丟臉，好難堪。吃早餐時大家什麼都沒提到，愛麗諾和其他人一樣，吃了蛋和麵包，並喝了咖啡。大家容許她和他們慢慢喝著咖啡，看著外頭的陽光，聊著今天有多美好。過了幾分鐘，她甚至開始相信什麼事都沒發生。路克端柑橘醬給她，席爾朵拉從亞瑟頭上朝她微笑，博士和她道早安。吃完早餐，達德利太太十點進來之後，他們不發一語，默默跟著彼此進到小客廳。博士坐到壁爐前的位置。席爾朵拉穿著愛麗諾的紅色毛衣。

「路克會替妳把車開來。」博士溫柔地說。雖然他這麼說，但他的眼神友善，透露著關心。「席爾朵拉會上樓幫妳收拾行李。」

愛麗諾咯咯地笑著。「她不行。她會沒東西穿。」

「諾兒——」席爾朵拉開口，接著停下，並望向蒙塔古太太，她聳聳肩膀說：「我檢查了那間房間。這是理所當然的事。我不敢相信你們沒有人這麼做。」

「我原本要去的。」博士道歉。「但我想——」

「你老是在想，約翰，這就是你的問題。我當然馬上檢查了那間房間。」

「席爾朵拉的房間？」路克問。「我不想再進去一次。」

蒙塔古太太聽起來好驚訝。「我不懂為什麼。」她說。「裡面根本沒問題。」

「我進去看了我的衣服。」席爾朵拉對博士說。「衣服都好好的。」

「當然，房間需要打掃，但你們把門鎖起來，達德利太太進不去，你們怎麼會期待——」

博士的聲音蓋過妻子。「——我必須說我很抱歉。」他說著。「如果有什麼我能做的……」

愛麗諾大笑。「但我不能走。」她心想自己要如何解釋。

「妳待在這裡夠久了。」博士說。

席爾朵拉盯著她。「我不需要妳的衣服。」她耐著性子說。「妳沒聽到蒙塔古太太說的嗎？我不需要妳的衣服，就算我需要，我現在也不會穿。諾兒，妳一定要離開這裡。」

「但我不能走。」愛麗諾說，她仍笑著，因為這完全無法解釋。

「女士，」路克陰沉地說，「妳再也不是我的客人了。」

「也許最好請亞瑟開車載她回去。亞瑟能確保她安全的回到城裡。」

「回哪裡？」愛麗諾向他們搖搖頭，她感到美麗沉重的頭髮落在臉旁。「回哪裡？」她開心地問。

「還會是哪裡，」博士說，「當然是回家啊。」席爾朵拉說：「諾兒，妳的小世界，妳自己的公寓，妳放所有東西的地方。」愛麗諾大笑。

「我沒有公寓。」她對席爾朵拉說。「公寓是我編的。我住在妹妹家的嬰兒房，睡在一張簡易窄床上。我沒有家，哪裡都不能去。我不能回妹妹家，因為我偷了她的車。」她聽著自己說的話大笑，好不合時宜，又無比悲傷。「我沒有家。」她又說，並滿懷希望看著他們。「我沒有家。世上唯一屬於我的，只有車子後座上的紙箱。那就是我所有的東西，包括幾本書、小時候的雜物和母親給我的錶。所以看吧，你們不能把我送去任何地方。」

她一直看著他們害怕、目瞪口呆的表情，她想告訴他們，我當然能一直走下去。我能一直走，把衣服留給席爾朵拉。我可以四處流浪，無家可歸，離家出走，而我永遠都會再回到這裡。她想告訴他們，讓我留下來比較容易，比較合理，比較快樂。

「我想留在這裡。」她對他們說。

「我已經和妳妹妹聯絡了。」蒙塔古太太鄭重表示。「我不得不說，她先問的居然是車。相當粗俗的一個人。我跟她說，她不需要擔心。約翰，你真的很離譜，居然讓她偷妹妹的車開來這裡。」

「親愛的。」蒙塔古博士開口，然後語塞，他無助地攤開手。

「總而言之，有人在等她。她妹妹很氣我，因為他們原本今天計畫去度假，但她要氣的可不是我……」蒙塔古太太狠狠地瞪著愛麗諾。「我覺得應該要有人確定她安全回到家人身邊。」她說。

博士搖搖頭。「那會是個錯誤。」他緩緩說道。「我們其中一人送她回去會是個錯誤。她一定要盡快忘記關於這房子的一切。我們不能讓彼此的關係延長。只要離開這裡，她馬上就會恢復。妳知道回家的路嗎？」他問愛麗諾，愛麗諾大笑。

「我去收拾行李。」席爾朵拉說。「路克，去找她的車，開到前門。她只有一個行李箱。」

「活埋在牆裡。」愛麗諾見他們神色僵硬，又開始大笑。「活埋在牆裡，」她說，「我想留在這裡。」

3

他們在希爾山莊的階梯排成整齊的一橫排，守護著前門。她望向他們身後，看到窗戶向下看著大家，高塔則在一旁充滿信心地等待。她不知道該怎麼向大家解釋，如果她想得到方法，她一定會大聲說出來。但她只斷斷續續瞄向山莊，看著她房間的窗戶，看著山莊靜靜凝視她的有趣臉孔。她心想，山莊現在在等待，而且是等待著她。只有我能滿足它。「山莊要我留下來。」她告訴博士，而他瞪大眼盯著她。他站得僵硬筆直，散發尊嚴，彷彿期待她選擇他，而不是山莊，彷彿他把她帶來這裡之後，他以為只要原路折返，便能再次將她送走。他背對著山莊，她誠摯望著他說：「對不起，我真的很對不起。」

「妳會去希爾斯代爾。」他平靜地說。也許他害怕多說什麼，也許他覺得只要多說一句友善、同情的話，一切又會反彈到自己身上，讓她回頭。陽光照亮山丘、山莊、花園、草坪、樹林和小溪。愛麗諾深吸一口氣，轉身看著一切。「在希爾斯代爾上國道五號向東。到了亞士頓，妳會看到國道三十九號，那條路會帶妳回家。這是為了妳的安全著想，」他急著補了一句，「這是為了妳的安全，親愛的，相信我，如果我想過會這樣——」

「我真的非常對不起。」她說。

「我們不能冒任何危險，任何危險。我現在才發現，我害你們所有人承擔多少風險。好……」他嘆口氣，搖搖頭。「妳記得吧？」他問。「到希爾斯代爾，然後上國道五號——」

「聽著。」愛麗諾安靜了一會，想告訴他們究竟是怎麼回事。「我不害怕。」她終於說道。「我真的不害怕。我現在沒事了。我很——快樂。」她真心望著博士。「快樂，」她說，「我不知道該說什麼。」她再次怕自己哭出來。「我不想離開這裡。」

「可能有下一次。」博士斷然說。「妳難道不能理解，我們不能冒險嗎？」

愛麗諾全身顫抖。「有人在為我禱告。」她傻傻地說。「我很久以前遇到的一個女士。」

博士語氣溫柔，腳卻不耐煩點著地。「妳很快便會忘記這一切。」他說。「妳一定要忘記所有關於希爾山莊的事。我根本不該把妳帶來這裡。」

「我們在這裡多久了？」愛麗諾突然問。

「大概一週多。怎麼了？」

「這是我唯一自己享受過的時光。我好喜歡。」

「這，」博士說，「就是妳必須趕快離開的原因。」

愛麗諾閉上雙眼，嘆口氣，用全身感受山莊，用耳朵聆聽，用鼻子去聞。廚房外的花叢散發濃郁的芬芳，溪裡的水閃閃發光流過石頭。樓上遠處，可能是育兒房，一股渦流匯聚，掃過地面，揚起一陣灰塵。藏書室裡，鐵梯搖擺，修伊·克雷恩大理石像的雙眼閃爍光芒，席爾朵拉黃色上衣乾淨整潔地掛在衣架上，達德利太太在準備五點的餐點。希爾山莊看著一切，態度傲慢，充滿耐心。「我不會離開。」愛麗諾對高高在上的窗戶說。

「妳必須離開。」博士說，他終於不耐煩了。「現在就走！」

愛麗諾大笑，轉身伸出手。「路克。」她說，他默默走向她。「謝謝你昨晚帶我下來。」她說。「那是我的錯。我現在知道了，你非常勇敢。」

「確實。」路克說。「那絕對是我這輩子最勇敢的一刻。我很高興看到妳離開那裡，諾兒，因為我絕不要再做一次。」

「就我看來，」蒙塔古太太說，「如果妳要走，妳最好趕快走。妳要道別我是沒意見，但我個人覺得，你們對這地方的態度全都太誇張了，但我是這樣想的，既然我們全都知道妳得走，與其站在這裡討價還價，不如去忙別的事。畢竟妳遲早要回到城裡，而且妳妹妹還等著去度假。」

亞瑟點點頭。「含淚道別，」他說，「我是覺得沒必要，我個人啦。」

遠方的小客廳裡，灰燼輕輕地落在壁爐中。「約翰，」蒙塔古太太說，「我覺得這樣比較好，讓亞瑟——」

「不行，」博士堅持說，「愛麗諾必須從原路回去。」

「感謝招待，這真是一段美好的時光，但我該感謝誰才對？」愛麗諾問。

博士抓住她的手臂，路克陪在她另一邊，他們帶她走向車子，並替她打開車門。紙箱仍放在後座，她的行李箱放在地上，她的大衣和皮夾都在座位上。路克沒熄火。「博士，」愛麗諾抓著他說，「博士。」

「對不起。」他說。「再見。」

「開車小心。」路克有禮地說。

「你們不能逼我走！」她瘋狂說道。「是你們把我帶來這裡的。」

「而我現在要送妳走了。」博士說。「我們不會忘記妳，愛麗諾。但現在唯一重要的事是讓妳忘記希爾山莊和我們。再見。」

「再見。」蒙塔古太太從階梯上堅定地說。亞瑟說：「再見，一路順風。」

愛麗諾的手放在車門上，這時停了下來，轉過頭。「席爾朵拉？」她問道，席爾朵拉下了階梯，奔向她。

「我以為妳不跟我道別了。」她說。「喔，諾兒，我的諾兒——一定要快樂，拜託妳一定要快樂。別真的忘記我，有一天，事情一定會真的好轉，一切都會沒事，妳會寫信給我，我也會回信，我們會拜訪彼此，一起開心聊著我們在希爾山莊看到和聽到各種瘋狂的事——喔，諾兒！我以為妳不要跟我道別了。」

「再見。」愛麗諾對她說。

「諾兒。」席爾朵拉膽怯地說，她一手摸著愛麗諾的臉頰。「聽著——也許有一天，我們可以再次回到這裡？我們可以去溪邊野餐？我們一直沒去野餐。」她跟博士說，他搖搖頭，目光望著愛麗諾。

「再見。」愛麗諾對蒙塔古太太說。「再見，亞瑟。再見，博士。我希望你的書成功。路克，」她說，「再見。再見了。」

「諾兒，」席爾朵拉說，「拜託妳千萬小心。」

「再見。」愛麗諾說著坐到車裡。一切感覺好陌生、好不習慣。她心想，我已經太習慣舒適的希爾山莊了。她提醒自己從車窗伸出手揮舞。「再見。」她大聲說著，不知道有沒有別的詞可以說。「再見、再見。」她手忙腳亂一番，鬆開了煞車，車子緩緩向前。

他們站著不動，認分地朝她揮手，目送著她。她心想，他們會看著我開下車道，直到最後；他們會純粹出於禮貌，目送我到消失；所以我要走了。戀人相遇便是旅程的終點。她心想，但我不會走，接著她自顧自地放聲大笑。希爾山莊可沒像他們那麼天真。就憑嘴上說說，他們才不可能趕走我，尤其希爾山莊想要我留下來。「走啊，愛麗諾。」她大聲吟唱，「走啊，愛麗諾，我們再也不想要妳了，不要待在我們的希爾山莊。走啊，愛麗諾，妳不能留在這裡，但我可以，」她大喊，「但我可以，這裡的規矩不是他們訂的，他們不能把我趕走，不能把我拒於門外，不能嘲笑我，不能躲著我。我不會走，希爾山莊是屬於我的。」

她自認腦中靈光一現，腳重重踩下油門。她心想，這次他們追不上我了，但他們現在一定察覺了吧。不知道誰會先注意到？絕對是路克。她心想，我聽到他們在叫了，她也聽到穿梭在希爾山莊輕盈的腳步聲和山丘逼近的細微嗡鳴。她心想，我真的做到了。她轉動方向盤，讓車直直朝車道轉彎處的大樹衝去，我真的做到了，我獨自做到了。這次。終於。這是我自己做的，我真的、真的、真的獨自做到了。

在車撞上樹的前一秒，在那彷彿無窮無盡的瞬間，她腦中突然明白過來，我為何要這樣？我為何要這樣？為何他們不阻止我？

4

桑德森女士聽說蒙塔古博士一行人離開希爾山莊時，大大鬆了口氣。她告訴律師，如果蒙塔古博士想留下來，她會把他們趕走。席爾朵拉的朋友冷靜後十分懊悔，並很高興看到席爾朵拉這麼早就回來了。路克去了巴黎，他姑姑衷心希望他會待在那一陣子。蒙塔古博士寫出了分析希爾山莊靈異現象的初步論文，但學術界反應冷淡，他甚至因此受到鄙視，最後他終於退休，不再從事研究。希爾山莊這屋子是瘋的，它聳立在山丘旁，裡頭幽幽暗暗，過去八十年如此，未來恐怕會再聳立八十年。屋裡牆面直立、磚頭整齊，地板堅固，一道道門無不緊閉；希爾山莊的木頭和石磚之間籠罩著寂靜，無論裡頭潛行著什麼，都與世隔絕。

鬼入侵

The Haunting of Hill House

作　　者　雪莉・傑克森（Shirley Jackson）
譯　　者　章晉唯
主　　編　郭峰吾

總 編 輯　李映慧
執 行 長　陳旭華（steve@bookrep.com.tw）

出　　版　大牌出版 / 遠足文化事業股份有限公司
發　　行　遠足文化事業股份有限公司（讀書共和國出版集團）
地　　址　23141 新北市新店區民權路 108-2 號 9 樓
電　　話　+886-2-2218-1417
郵撥帳號　19504465 遠足文化事業股份有限公司

封面設計　BIANCO TSAI
排　　版　新鑫電腦排版工作室
印　　製　成陽印刷股份有限公司
法律顧問　華洋法律事務所　蘇文生律師

定　　價　380 元
初　　版　2023 年 10 月

電子書 E-ISBN
978-626-7378-12-0（PDF）
978-626-7378-11-3（EPUB）

國家圖書館出版品預行編目資料

鬼入侵 / 雪莉・傑克森 著 ; 章晉唯 譯 . -- 初版 . -- 新北市 : 大牌出版 ,
遠足文化發行 , 2023.10
304 面 ; 14.8×21 公分
譯自 : The Haunting of Hill House
ISBN 978-626-7378-10-6 (平裝)

874.57　　　　112016955